Jürgen Bieda

Jürgen Bieda

Das Luftschloß

Ein Märchen

lucy körner verlag

1. Auflage Oktober 1999

Postfach 1106, 70701 Fellbach

Illustrationen: Anthea Fritsch
Herstellung: J. F. Steinkopf Druck GmbH, Stuttgart

ISBN 3-922028-28-4

Inhalt

Der Wind des Eises

Hoch oben in den unwegsamen Bergen, deren Gipfel sich am Horizont gerade noch als sanfte Silhouette absetzen, wo die Gletscher in die Täler züngeln und die letzten Bäume der Kälte trotzen, da lebte der kleine Wind Saghir. Er war der Wind des Grünen Tales. Morgens schwang er sich durch den Wald talwärts und brachte frische, kühle Luft von den Gipfeln. Der Frühling war ihm die liebste Zeit. Er genoß die fröhlichen Gesichter der Menschen, wenn er den letzten Schnee verwehte und damit den Krokussen den Blick zur Sonne eröffnete, und er freute sich mit ihnen, wenn das Tosen des Gebirgsbaches wieder unter dem tauenden Eis zu hören war, wenn sich Wiesen und Wälder in saftiges Grün kleideten und die Blumen das Tal in wunderbare Farben tauchten. Dann setzte er sich manchmal in einen Baum, ließ die Seele baumeln und schaute einfach nur diesem prächtigen Schauspiel zu.

Von Zeit zu Zeit blies er Wolken ins Tal, damit es regnete und die Wiesen frisch und saftig blieben. Manchmal schob er Gewitterwolken vor sich her und freute sich, wenn das Lichterwerk aufflammte und das Grollen des Donners von einer Talseite zur anderen geworfen wurde. Erst wenn die Kirschbäume in Blüte standen, wurde er vorsichtiger, um diese Pracht nicht zu zerstören.

Am frühen Morgen zog er langsam die Wolkendecke zurück, so daß die Sonne den Tau in funkelnde Diamanten verzauberte und die Nebelschwaden bergwärts zogen.

Im Laufe des Sommers mußte er immer höher ins Gebirge, um kühle Luft ins Tal zu wehen. Das war zwar an-

strengend, aber dafür wurden die mitgebrachten Gewitter heftiger, und er hatte mehr Freude an ihnen. Selbst nachts zog er, begleitet vom Licht des Mondes, an den Hängen entlang. Wenn er dann müde zu seiner Fichte zurückkehrte, schüttelte er manchmal so heftig den Ast, auf welchem Ebar schlief, daß dieser aufwachte und nicht selten fast heruntergefallen wäre. Dann schimpfte der Kolkrabe noch eine Weile vor sich hin, und Saghir hatte seinen Spaß daran.

Mit Ebar wohnte er schon lange in der alten Fichte, sie waren längst Freunde geworden. Auch wenn Saghir sich manchen derben Scherz mit ihm erlaubte, so hatte Ebar dennoch Verständnis dafür, und Saghir hatte Hochachtung vor dem alten Raben. Wenn er Hilfe brauchte, wußte Ebar meistens einen Rat.

Dieser Sommer war besonders heiß, und Saghir mußte noch höher hinauf als sonst, sogar bis zu den schneebedeckten Gipfeln, um kühle Luft zu finden. Eines Tages hatte er schon die höchsten Berge am Rande seines Tales hinter sich gelassen, da streifte er über ein gewaltiges Eisfeld und sammelte Kälte ein, als plötzlich aus einer Gletscherspalte ein mächtiges Brausen heraufzog.

Vor ihm erhob sich eine riesige Wand aus kaltem Dunst, und eine dröhnende Stimme sprach: „Wer wagt sich in meine Eiswelt?“

„Ich bin der Wind aus dem Grünen Tal“, sagte Saghir mit zittriger Stimme.

„So, so“, antwortete die Stimme. „Weißt du, wer ich bin?“

„Nein. Wer bist du?“

Ein Hauch eiskalter Luft durchbrach die Dunstwand, und eine große Gestalt wurde sichtbar. „Ich bin der Wind des Eises, der mächtigste Wind in diesem Gebirge. Ich wache darüber, daß das Eis nicht schmilzt, denn sonst wird es mir zu warm. Und du kommst einfach daher und nimmst von meiner Kälte!"

„Entschuldige", flüsterte Saghir, „aber ich habe nicht gewußt, daß ich hier jemandem etwas wegnehme."

„Du wußtest nicht? Ja, natürlich, wie sollte ein kleiner Wind auch wissen. Hast du noch nichts gehört von den großen Winden dieser Erde?"

„Nein, noch nie."

„Aber das weiß doch jeder! Die großen Winde treffen sich einmal im Jahr auf dem Luftschloß. Da werden die Gebiete aufgeteilt, für die jeder große Wind zuständig ist. Und das hier ist mein Reich!"

Saghir schaute verlegen vor sich hin. „Kannst du mir denn sagen, ob vielleicht vergessen wurde, mich auch zu diesem Treffen einzuladen?"

„Vergessen? Dich?" dröhnte es über das Eisfeld, und ein schauerliches Lachen folgte. „Du kannst doch kaum einen Grashalm biegen, und da glaubst du, du seist ein richtiger Wind?"

„Aber ich wehe schon lange im Grünen Tal und mache meine Arbeit gut, da kannst du Ebar, den Raben, fragen. Vielleicht darf ich ja am Treffen der großen Winde teilnehmen?" fragte er hoffnungsfroh.

Nun, dachte der Wind des Eises, man kann ihm ja eine Chance geben, schließlich habe ich ja auch einmal als kleiner Wind angefangen. „Du willst mit den großen Winden zusammentreffen? Du bist doch noch ein Winzling, der gerade mal sein Tal kennt. Aber gut, ich werde den großen Wind des Nordens fragen. Wenn du in zwei Wochen noch einmal heraufkommst, werde ich dir deine Frage beantworten können."

„Danke, und verzeih, daß ich dich gestört habe. Ich komme in zwei Wochen wieder", versprach Saghir.

„Dann verschwinde jetzt und nimm an Kälte mit, was du schon gesammelt hast. Aber das nächste Mal puste ich dich davon, wenn du mich nicht vorher um Erlaubnis fragst!"

Aufgeregt kehrte der kleine Wind in sein Tal zurück. Rasch verteilte er die kalte Luft und setzte sich dann auf seine Fichte, neugierig zu hören, was Ebar ihm von den Winden erzählen konnte. Saghir redete sogleich auf den Raben ein: „Stell dir vor, Ebar, ich werde die großen Winde treffen. Sie haben einmal im Jahr eine Zusammenkunft, und ich werde dabeisein."

„Wie kommst du darauf, daß die großen Winde dich einladen könnten?" fragte Ebar. „Weißt du überhaupt, wer die großen Winde sind?"

„Klar, ich hab' einen kennengelernt. Heute war ich oben bei den Gletschern. Dort traf ich auf den mächtigen Wind des Eises."

„Den Wind des Eises? Pah! Der ist ein Zwerg, verglichen mit den großen Winden! Er wird sich einen Spaß mit dir erlaubt haben. Du bist jetzt einmal aus deinem Tal hinausgekommen, hast einen anderen Wind getroffen und meinst bereits, du wärst der Größte. Das Ende der Welt mußt du dir vorstellen, und da wirst du hinmüssen, wenn du die großen Winde treffen willst. Sie tagen auf ihrem Luftschloß, und der Weg dorthin ist verdammt weit."

Aber Saghir hörte Ebar gar nicht mehr richtig zu und schlief ein. Stille kehrte ein, und der Schlaf überkam auch den alten Raben.

Heftiges Rütteln riß Ebar aus seiner Nachtruhe. „Bist du denn von allen guten Berggeistern verlassen?" entrüstete er sich und krähte noch ein paar Schimpfwörter hinter Saghir her. „Du bringst es eines Tages noch soweit, daß ich zu Tode stürze!“

Saghir spielte voller Übermut mit den Wipfeln der Bäume. Mal blies er sie in die eine, gleich darauf in die andere Richtung. Der ganze Wald war in wilder Bewegung, während der kleine Wind seine Purzelbäume schlug und die gewagtesten Kunststücke vollführte. Die Vögel und das Wild sahen seinem Treiben mit gemischten Gefühlen zu. So hatten sie ihn noch nie erlebt.

Als sich sein Benehmen nach ein paar Tagen immer noch nicht änderte, beschloß die Eule Rana, dem alten Raben einen Besuch abzustatten und ihn zu fragen, was mit Saghir los ist. „Ebar, alter Freund, es herrscht Unruhe unter den Tieren, weil der kleine Wind verrückt spielt. Selbst die Menschen beklagen sich darüber, daß er in die Kamine bläst und durch die Häuser pfeift.“

„Ach, weißt du, Rana, er hat kürzlich den Wind des Eises getroffen, und der hat ihm vom Treffen der großen Winde erzählt. Jetzt möchte Saghir unbedingt dorthin.“

„Aber die werden ihn doch gar nicht einladen“, meinte die Eule.

„Er ist jung und unerfahren. Er glaubt, der Wind des Eises wird ihm schon eine Einladung verschaffen. Wir sollten der Sache gelassen entgegensehen“, sagte Ebar.

Rana flog ins Tal hinab, um den Tieren zu berichten. Die Tage vergingen, und Saghir fieberte dem Wiedersehen mit dem Wind des Eises voller Ungeduld entgegen. Einmal mit den großen Winden um die Wette pusten! Er würde ihnen schon zeigen, was er draufhat.

Der Morgenstern versank gerade hinter den Bergen, und die Dämmerung kündigte sich mit samtigviolettem Schim-

mer an, als Saghir sich eines Tages aus dem Baum schwang, ohne einen Ast oder gar ein Blatt zu bewegen. Sein Weg führte ihn den Gebirgskamm hinauf zu der Stelle, an welcher er den Wind des Eises das erste Mal getroffen hatte.

Als die Sonne das Eisfeld berührte, hörte er ein ächzendes Gähnen.

„Hallo!“ rief Saghir. Aber nichts rührte sich. „Ich bin es, der Wind aus dem Grünen Tal!“ rief er noch einmal so laut wie möglich.

Durchdringend donnerte es aus den Tiefen der Gletscherspalten herauf: „Welcher Berggeist stört mich da in meinem Schlaf?“

Gerade wollte Saghir antworten, als sich eine riesige Dunstwand vor ihm erhob und er erneut die Stimme vernahm, die ihm schon wieder Angst einjagte. „Ach, sieh an“, tönte es aus dem Dunst, „du hast Wort gehalten und bist tatsächlich gekommen.“ Der Wind des Eises trat aus den Schwaden hervor und schaute auf den kleinen Wind herab. Mut hat er ja, dachte er.

„Ich wüßte gerne, ob du den großen Wind des Nordens getroffen und ihn gefragt hast, ob ich am Treffen der Winde teilnehmen darf“, sagte Saghir leise.

„Ich habe ihn gefragt.“

„Und was hat er geantwortet?“

„Nun, du bist willkommen.“

Der kleine Wind freute sich wahnsinnig, doch nach außen versuchte er, ganz gelassen zu wirken.

„Aber“, fuhr der Wind des Eises fort, „du mußt pünktlich erscheinen. Der Weg zum Luftschloß ist weit, und du wirst einige Tage benötigen, um es zu erreichen. Wenn der Vollmond das erste Mal nach der Sonnenwende die Gipfel der

großen Berge dort am Horizont streift, dann beginnt das Treffen. Halte dich immer in Richtung Norden und folge dem kleinen Bach bis zum Tal des Flüsterns. Dort gibt es geheimnisvolle Stimmen, die dich vom Weg abbringen wollen. Laß dich von ihnen nicht beirren! Danach gelangst du zum Dunkeltanngebirge. Du wirst zu einer Lichtung kommen, auf der sich abends die Elfen einfinden. Da du dort nur im tiefen Dunkel des Waldes reisen wirst und dich nicht am Sternenhimmel orientieren kannst, mußt du dir den weiteren Weg erklären lassen. Die Elfen werden dir gerne weiterhelfen, aber jede wird dir einen anderen Rat geben. Also wende dich besser an den Geist des Hochwaldes, vor ihm haben sie Respekt, und er gehört zu meinen Freunden. Schließlich wirst du an ein Eismeer gelangen. Dann halte dich an die Wale, die dir vom Wasser aus den Weg zeigen. Sie werden in einer Bucht umdrehen und zurückschwimmen. Folge nun dem ansteigenden Gebirgszug, und auf dessen höchstem Gipfel wirst du das Schloß schon von weitem erblicken. Sei rechtzeitig dort, sonst wird man dir keinen Einlaß gewähren."

„Ich werde früh aufbrechen", stammelte Saghir vor lauter Aufregung. „Ganz bestimmt finde ich den Weg und werde pünktlich eintreffen!"

„Noch etwas", sagte der Wind des Eises. „Sei nicht vorlaut und spiel dich nicht auf, denn die großen Winde werden dich an dem messen, wie du ihnen gegenüber auftrittst. Und für eine kleine Talbrise wie dich wird das eine schwere Prüfung sein. Außerdem habe ich mich für dich verbürgt, und du solltest es dir mit mir nicht verscherzen!"

„Du kannst dich auf mich verlassen!" versicherte Saghir. „Ich werde dich bestimmt nicht enttäuschen."

„Nun gut, dann sehen wir uns im Luftschloß der Winde. Bis dahin – leb wohl." Der Wind des Eises hüllte sich in seinen Dunstmantel und verschwand ohne ein weiteres Wort in einer Gletscherspalte.

Saghir tanzte vor Glück. Schon fühlte er sich in den Kreis der großen Winde aufgenommen. Ebar würde platzen vor Neid.

Die Sonne hatte schon ein gutes Stück ihres Weges am morgendlichen Himmel erklommen, da kehrte Saghir zu seiner Fichte zurück.

„Wo kommst du denn her?" krähte ihm Ebar entgegen.

„Vom Wind des Eises", trällerte Saghir.

„Du scheinst ja trotzdem recht fröhlich zu sein."

„Wieso trotzdem?"

„Na, ein wenig enttäuscht wirst du schon sein", sagte Ebar, stockte und fuhr fort: „Oder haben die Winde dich etwa tatsächlich zu ihrem Treffen eingeladen?"

„Jawohl!" Saghir konnte seine Freude nicht mehr verbergen. „Und ich muß mich bald auf den Weg zum Luftschloß machen!"

„Ich hab' zwar kein gutes Gefühl dabei, aber du mußt schon selbst wissen, was du tust. Aber unternimm nichts, wovon du nicht überzeugt bist, es auch zu wollen! Und überhaupt, du kannst doch nicht so einfach dein Tal ohne Wind lassen! Was wird aus den Menschen, den Tieren und den Pflanzen ohne dich? Hast du dir das schon überlegt?"

„Nein, aber ich komme ja wieder", meinte Saghir.

Ebar murrte etwas Unverständliches, schüttelte sein Gefieder und wetzte seinen Schnabel an einem Ast. Plötzlich breitete er die Flügel aus und verschwand im Sturzflug *talwärts. Saghir wunderte sich. Aber was soll's, dachte er, manchmal sind Raben eben etwas seltsam.*

Ebar flog zu der alten Buche, in der Rana wohnte. Die Eule hatte gerade ein dickes Buch aufgeschlagen, als Ebar mit den Flügeln schlagend neben ihr landete.

„Saghir wird wirklich zum Treffen der Winde aufbrechen", redete Ebar drauflos. „Natürlich freut er sich darauf, nur hat er noch nicht begriffen, welch beschwerliche Reise vor ihm liegt und daß wir ihn hier doch brauchen. Ach, ich bin ganz durcheinander."

„Ebar, nun laß dich nicht nervös machen", sagte die Eule. „Noch ist er nicht abgereist. Wer weiß, was bis dahin alles passiert. Außerdem hat dieses Tal schon so viel erlebt, da werden wir auch diese Zeit überstehen. Natürlich ist es nicht angenehm, auf den Wind verzichten zu müssen, aber was können wir daran ändern?"

„Die großen Winde werden ihn von oben herab ansehen und geringschätzig behandeln. Er ist so jung und unerfahren, er wird sich nichts Gutes damit tun!"

„Vielleicht braucht er eine solche Lektion", gab Rana zu bedenken. „Saghir muß seine Erfahrungen selbst machen, sonst wären es schließlich keine. Nur das bringt ihn weiter."

Ebar verabschiedete sich und flog zurück zu seiner Fichte in der Hoffnung, Saghir noch anzutreffen.

Der kleine Wind saß singend auf seinem Lieblingsast. Ebar ließ sich neben ihm nieder und fragte: „Kennst du den Weg zum Luftschloß?"

„Der Wind des Eises hat ihn mir genau beschrieben."

„Was wird man wohl im Tal dazu sagen, wenn du einfach für eine gewisse Zeit verschwindest?“

„Dieses Tal wird einen großen Wind bekommen. Ist das kein guter Grund für diese Reise?“

„Glaubst du, als großer Wind bist du ein besserer Wind? Ist nicht jeder im Grünen Tal mit dir zufrieden?“

„Das kannst du nicht verstehen, weil du kein Wind bist. Ich werde auf jeden Fall vier Tage, bevor der Vollmond die Gipfel der großen Berge berührt, abreisen und so bald wie möglich wieder hier sein“, versuchte Saghir seinen Freund zu trösten.

„Du wirst schon wissen, was du tust“, sagte Ebar und machte sich auf zu einem abendlichen Flug über das Tal. Die Sonne sank, und als Ebar zurückkehrte, schlief Saghir bereits. Der Himmel nahm ein unwirkliches Blau an, und die Sterne funkelten in einer Pracht, wie es Ebar nur selten erlebt hatte. Der Mond war schon aufgegangen, und seine zunehmende Sichel würde den Tag der Abreise für Saghir bestimmen. Ach, wie er jetzt wünschte, es gäbe keinen Mond.

Und wie die Zeit für den einen zu schnell verrinnt, bleibt sie für den anderen scheinbar stehen. Der Mond nahm täglich zu, und bald hatte Saghirs Warten ein Ende.

Am Morgen durchzog der kleine Wind noch einmal sein Tal. Er streifte über die blumenbedeckten Wiesen, spielte mit den Wellen des Sees, huschte durch das Dorf und wieder an den Berghängen hinauf bis zu seiner Fichte, auf der Ebar gespannt nach ihm Ausschau hielt.

„Ich dachte, du seist schon abgereist!“ rief der Rabe ihm entgegen.

„Nein, ich hab' mich nur noch schnell von unserem Tal verabschiedet. Doch nun muß ich aufbrechen, denn ich

möchte nicht zu spät kommen. Die großen Winde werden mir kaum eine zweite Chance geben."

„Dann nichts wie los, kleiner Wind! Mach keine Umwege, und laß dich nirgends und von niemandem aufhalten!"

Saghir umarmte seinen Freund. Ebar entlockte diese Geste ein paar Tränen, die an seinem Schnabel entlangkullerten. Der kleine Wind entschwand. Aus den Wäldern sahen ihm viele traurige Augenpaare hinterher. Niemand verstand so recht, warum Saghir zu den großen Winden reisen wollte.

Als Saghir die hohen Berge vor den großen Gletschern überquerte, tauchte die Sonne das Tal in ein warmes Licht. Es würde ein schöner Tag werden.

Zur gleichen Zeit kam Rana zu Ebars Fichte geflogen.

„Was willst du mit dem Gepäck?" wunderte sich der Rabe.

„Ebar, alter Freund", sprach die Eule, „die Tiere des Waldes und ich haben die ganze Nacht überlegt, was zu tun sei. Wir sind zu folgendem Entschluß gekommen: Wenn wir beide mit Saghir reisen, dann können wir dafür sorgen, daß er so schnell wie möglich wieder zurück sein wird. Außerdem wird er auf dem Weg zum Luftschloß vielleicht Hilfe benötigen, dann können wir ihm beistehen. Wir kennen ja den Weg dorthin!"

„Wieso wir?" fragte der Rabe erschrocken. „Außerdem wird Saghir nicht wollen, daß wir ihn begleiten!"

Die Eule lächelte schelmisch. „Er wird es gar nicht merken, wir folgen ihm heimlich."

„Gut, aber wieso ich? Auf meine alten Tage noch solch eine Reise", murmelte der Rabe vorwurfsvoll, packte aber

trotzdem sein Bündel. Rana zog vor Ungeduld ein paar Kreise über der Fichte. Als Ebar fertig war, schwang er sich ebenfalls in die Luft, und sie flogen am Berghang entlang zum oberen Ausgang des Tales. Und so begann für die drei eine aufregende Reise, an die sie noch lange denken würden.

Die Reise

Rana und Ebar ließen dem kleinen Wind einen Vorsprung. Saghir hatte derweil die mächtigsten Gipfel überquert und gelangte an den nördlichen Rand des Gebirges. Hier glitt er sanft talwärts einer weiten Ebene entgegen. Die Sonne, die ihn den ganzen Tag begleitet hatte, wurde jetzt schwächer, und die bizarren Wolkengebilde setzten sich durch den Fächer der Sonnenstrahlen düster vom Abendhimmel ab.

An den Ausläufern der schneebedeckten Berge öffnete sich eine tiefe Schlucht. Von Wind und Wasser geformte Felsformationen richteten sich beiderseits wie endlos hohe, mit Türmen besetzte Wehrmauern einer Burg auf. Dies mußte das geheimnisvolle Tal des Flüsterns sein. Saghir fühlte sich plötzlich ganz klein.

In der Schlucht war es schon ziemlich düster. Im Schein der untergehenden Sonne warfen die Felsen furchterregende Schatten. Aber Saghir setzte seinen Weg unbeirrt fort, laut vor sich hin pfeifend. In der Tiefe schlängelte sich ein rauschender Bach durch die felsige Wildnis. Doch neben dem Tosen des Wassers glaubte Saghir noch andere Geräusche zu hören. Er folgte dem Bach und wollte nur schnell aus diesem engen Tal herauskommen. Manchmal war ihm, als würde ein Flüstern immer lauter. Es öffneten sich viele Seitenwege, aus denen seltsame Stimmen an sein Ohr drangen. Und sie wurden immer eindringlicher: „Saghir, werde unser Wind!" lockte eine. Andere flüsterten: „Kleiner Wind, du mußt dir dieses Tal ansehen, folge uns hier herüber!" oder: „Saghir, so komm doch!"

Plötzlich tauchten helle Lichter vor ihm auf. Viele tausend strahlende Punkte, und Saghir erkannte einen davon als den Stern des Nordens. Der Nachthimmel hatte seinen schönsten Mantel angezogen, um den kleinen Wind am Ausgang der Schlucht zu begrüßen. Erleichtert und erschöpft ließ sich Saghir auf einer Wiese nieder. Er schaute noch einmal zurück, und das Dunkel der Schlucht war ihm unheimlich. Dann übermannte ihn der Schlaf.

Rana und Ebar hatten das Gebirge überflogen und suchten in der Ebene einen Lagerplatz für die Nacht. Sie wollten die Schlucht am nächsten Morgen durchqueren, hatte der Rabe bestimmt. Für die Eule war es ungewohnt, nachts zu schlafen. Aber da sie Ebar dazu überredet hatte, Saghir zu folgen, mußte sie nun auch auf ihn Rücksicht nehmen, war er doch in der Dunkelheit fast blind. So setzte sie sich auf ihr Bündel und ruhte sich aus. Ebar konnte eigentlich in jeder Lage ein Schläfchen halten, obwohl er natürlich seinen Platz auf der heimischen Fichte vermißte. „Daß ich mich in meinem Alter noch auf so etwas einlasse!“ brummte er.

„Ach, jetzt hab dich nicht so!“ murmelte die Eule. „Was soll ich denn sagen? Eigentlich bin ich nachts wach und schlafe tagsüber. Wenn wir alles überstanden haben und wieder zurück sind, kannst du deinen Vettern voller Stolz erzählen, was du alles erlebt hast!“

Es war am nächsten Abend, als Saghir das riesige Dunkeltanngebirge erreicht hatte und tief in den dichten Hochwald eingedrungen war, immer in respektvollem Abstand gefolgt von der Eule Rana und dem Raben Ebar.

Der Mond brach wieder zu seiner nächtlichen Wanderung auf und betupfte die Baumspitzen mit seinem silbernen Licht.

Zwischen den dunklen Schemen der Bäume entdeckte Saghir einen fahlen Lichtschein, ein zartes grünes Leuchten. Lautlos huschte er durch den Tannenwald, und je näher er kam, desto strahlender wurde der Glanz. Vor ihm lag eine Lichtung voller Farne, eingebettet in gleißendes Mondlicht. War das schon die Stelle, an der sich abends die Elfen zusammenfanden? Er setzte sich auf einen Ast und beschloß, ein wenig zu warten. Vielleicht war er ja noch zu früh dran.

Nach einer Weile hörte er zarte Stimmen, begleitet von Kichern und Lachen. In die Farne kam Bewegung, und auf einmal waren überall seltsame, kleine Geschöpfe, nicht größer als Wichtel, aber von feinerer, graziler Gestalt. Die Elfen kicherten, wisperten, und dann fingen sie an zu singen. Einige von ihnen zupften an den Fäden eines Spinnennetzes, so daß eine sanfte Melodie erklang. So etwas Wunderbares hatte Saghir bisher weder gesehen noch gehört. Glühwürmchen umkreisten tanzend und funkelnd die Farne. Es war fast wie in einem Zauberwald.

Als die Elfen ihren Gesang beendet hatten, wollte der kleine Wind endlich sein Anliegen vorbringen. Er zeigte sich auf der Lichtung – und war plötzlich allein.

„Hallo, wo seid ihr?“ rief Saghir leise, aber nichts rührte sich. „Ihr braucht doch keine Angst vor mir zu haben. Ich bin es, Saghir, der Wind aus dem Grünen Tal. Ich möchte euch nach dem Weg zum Luftschloß der Winde fragen.“ Er vernahm ein leises Lachen, konnte aber niemanden entdecken. „So kommt doch hervor, bitte! Ich möchte nur den Weg beschrieben haben, dann ziehe ich

sofort weiter", flehte Saghir traurig und fürchtete, schon alles verpatzt zu haben.

Nach und nach erschienen die Elfen wieder. Kichernd musterten sie den kleinen Wind.

„Also", sagte Saghir, „ich möchte zum Luftschloß der Winde, weiß aber den Weg nicht. Könnt ihr mir helfen?"

„Du willst zu den großen Winden?" Die Elfen feixten. „Bist du dafür nicht ein bißchen zu klein?"

„Wieso zu klein?" entrüstete sich Saghir. „Mir gehört ein ganzes Tal, dem ich die kühle Luft der Berge bringe."

„Hört nur, ein ganzes Tal", sagte eine der Elfen mit spöttischem Unterton, und alle kicherten. „Aber gut, ich bin Anda, und ich werde dir den Weg durch das Dunkeltanngebirge beschreiben. Der Mond wird heute Nacht eine Spur durch den Wald legen. Du mußt ihr nur folgen, dann erreichst du einen Platz, auf dem zwölf alte Eichen stehen. Die erste hat einen besonders großen Ast, der nach links zeigt und dir die Richtung weist, in die du ziehen mußt. Halte dich immer auf dem Pfad, den die Hirsche benutzen, und nach einigen Stunden wirst du die Küste des Eismeeres erblicken."

„Gut, ich werde es mir merken", sagte Saghir leise. „Vielen Dank!"

Doch kaum hatte er ausgesprochen, wandte sich eine weitere Elfe an ihn: „Nun werde ich dir den Weg zum Eismeer beschreiben! Wenn du der Spur des Mondlichts folgst, kommst du an den Platz mit den zwölf Eichen. Die letzte hat einen besonders großen Ast, der nach rechts zeigt und dir den richtigen Weg weist. Bleib immer auf dem Pfad, den die Wildschweine benutzen, und nach ein paar Stunden wirst du an die Küste des Eismeers gelangen."

Der kleine Wind war verwirrt und erinnerte sich an die Worte, die ihm der Wind des Eises mit auf den Weg gegeben hatte: Jede wird dir einen anderen Weg erklären, hatte er gesagt, und so war es jetzt gekommen. Saghir erinnerte sich aber auch daran, daß die Elfen Respekt vor dem Geist des Hochwaldes haben. „Ich glaube", sprach er mit ernster Stimme, „ihr wollt mit mir euren Schabernack treiben. Ich möchte nicht alle möglichen Wege wissen, sondern den kürzesten, denn ich habe nur wenig Zeit. Aber wenn ihr mir diese Bitte nicht erfüllt, frage ich wohl doch besser den Geist des Hochwaldes, er ist schließlich ein Freund von mir!"

Das machte Eindruck. Die Elfen fuhren auseinander, denn es geschah etwas Unglaubliches: Mit ohrenbetäubendem Donner spaltete sich eine Tanne am Rand der Lichtung, und eine markerschütternde Stimme dröhnte aus dem zerteilten Baumstamm: „Wer wagt es, mich seinen Freund zu nennen?"

Die Lichtung wurde von einem großen Schatten verdunkelt. Die Elfen waren verschwunden, das Licht der Glühwürmchen erloschen.

Rana flüsterte Ebar zu: „Wie kann er sich da wohl wieder herausreden, unser kleiner Hochstapler?"

Ein unförmiger Riese stand jetzt auf der Lichtung. Gestützt auf einen Baumstamm, sah der Geist des Hochwaldes aus grün leuchtenden Augen auf den kleinen Wind herunter. An seinem Kopf hing struppiges Moos, und seine mächtigen Pranken erinnerten an die knorrigen Äste einer Eiche.

„Wer bist du, Zwerg?“ brauste es auf den kleinen Wind herab.

Atemlos vor Schreck brachte Saghir kein Wort heraus. Was für ein Ungeheuer hatte er da nur geweckt?

„Hast du keine Stimme mehr?“ schnaubte das Ungetüm wütend. „Also, wer behauptet da, ich wäre sein Freund?“

„Ich bin der Wind aus dem Grünen Tal“, sagte Saghir zaghaft, „und ich glaube, ich muß dir das erklären, daß ich ...“

„In der Tat mußt du das, du Winzling!“

„Nun, ich bin auf dem Weg zum Luftschloß und will an der Zusammenkunft der großen Winde teilnehmen. Der Wind des Eises sagte mir, daß die Elfen im Dunkeltanngebirge mir den Weg zum Eismeer jede auf andere Weise erklären und mich dadurch nur verwirren würden. Doch ich solle mich dann auf den Geist des Hochwaldes berufen, weil die Elfen vor ihm Respekt hätten. Und da dachte ich, noch mehr Eindruck zu schinden, wenn ich behaupte, mit dir befreundet zu sein.“

Der Geist des Hochwaldes lehnte sich an die gespaltene Tanne und lachte. Es war ein dröhnendes Lachen. Die Elfen schauten wieder neugierig hervor und kicherten. Auch Saghir mußte lachen, aber ohne zu wissen, warum.

„Entweder bist du wirklich so unbedarft und töricht genug, daß du zum Treffen der großen Winde willst, oder aber du bist der gerissenste Lügner, der mir je über den Weg gelaufen ist“, sagte der Geist.

„Ich lüge nicht!“

„Nun, dann muß ich ja dein Freund sein, wenn du nicht lügst!“ Der Geist des Hochwaldes verbarg sein Gesicht in den Händen, während ein neuer Sturm des Lachens über die Lichtung fegte.

Saghir schaute verschämt zu Boden. Jetzt hatte er sich wohl gänzlich lächerlich gemacht. Doch während sein Blick noch über den Waldboden glitt, hörte er den Geist leise sprechen. „Gut, du großer Wind, folge dem Pfad, den Anda dir beschrieben hat, die erste Elfe. Er ist der kürzeste, das darfst du mir glauben. Aber eine Bitte habe ich noch: Wenn du auf dem Rückweg hier vorbeikommst, mußt du mir unbedingt von deinen Erlebnissen im Luftschloß erzählen. Ich bin sehr gespannt darauf." Der Geist schmunzelte.

„Versprochen", sagte er kleine Wind, und schon war der Riese verschwunden.

Rana und Ebar waren erstaunt über den Ausgang dieser Begegnung. Die Eule meinte jedoch: „Ich glaube, das war seine erste Lektion. Doch da er immer noch unbekümmert seinem Ziel entgegenzieht, wird er sicher noch die eine oder andere erhalten."

Ebar nickte nachdenklich.

Saghir verabschiedete sich von den Elfen, die immer noch herumalberten. Dann brach er auf und ließ sich vom Mondlicht den Weg zeigen. Rana und Ebar breiteten ihre Flügel aus und folgten ihm geräuschlos.

Als sich vor ihnen der Wald lichtete und zwölf dunkle Schatten sich auf dem Waldboden abzeichneten, war der Platz mit den zwölf Eichen erreicht. Und der linke große Ast der ersten Eiche zeigte wie ein knorriger Finger in die Richtung, in der sich ein schmaler, von Hirschen getretener Pfad im Unterholz verlor.

Saghir setzte sich ins weiche Moos und lehnte sich an einen Baumstamm, um ein wenig auszuruhen.

Die ersten Sonnenstrahlen weckten ihn. Saghir streckte sich und folgte dann dem Pfad. Der Wald war erwacht, auf den kleinen Lichtungen flatterten Schmetterlinge von Blume zu Blume. Ein Reh stand äsend in der Nähe und hielt für kurze Zeit inne, als Saghir an ihm vorüberwehte. Die schräg einfallenden Sonnenstrahlen tauchten, goldenen Fäden gleich, in den Wald, und Saghir hätte gerne länger hier verweilt.

„Hallo, kleiner Wind, wo willst du hin?" ertönte plötzlich eine Stimme.

Saghir erschrak und wandte sich um. Aber er sah niemanden.

„Hallo, hier oben", sprach die Stimme, und Saghir schaute in den Baum über sich. Dort saß auf einem Ast eine seltsame Gestalt. Ihr Mantel war überall eingerissen. Grau schimmerte das kraus herabhängende Haar, und ein Gesicht konnte man nur erahnen.

„Wer bist du denn?" fragte Saghir.

„Ich bin der Wind der Felsen", antwortete das Wesen, während es sich vom Baum herabschwang.

„Bist du auch auf dem Weg zum Luftschloß?" fragte der kleine Wind.

„Ja, da muß ich hin", sagte der Wind der Felsen und richtete dabei seinen Mantel, soweit es überhaupt noch etwas daran zu richten gab.

„Dann wehen wir doch gemeinsam, denn auch ich will dorthin", schlug Saghir vor. Er freute sich, den Weg vielleicht nicht mehr allein zurücklegen zu müssen. Der Wind der Felsen nickte, und die beiden machten sich auf. Ein seltsamer Kumpan, dachte Saghir nach einer Weile, erst spricht er mich an, und dann weht er schweigend neben mir her.

„Woher kommst du?“ fragte Saghir neugierig.

„Aus einer Einöde im großen Granitgebirge, das im Süden fast bis an den Himmel reicht.“

„Hast du dort viele Freunde?“

„Freunde? Da gibt es keine Freunde. Ein paar Eidechsen und Insekten, sonst gibt es dort nichts.“

„Wozu braucht man dann dort einen Wind?“

„Damit es so unwirtlich bleibt, wie es ist.“

„Und warum lebst du nicht lieber an einem Ort, wo es schöner ist?“

„Das fragst du? Ich wurde dazu bestimmt, dort zu sein. Wenn die großen Winde etwas beschlossen haben, dann mußt du das auch tun.“

Saghir verstand gar nichts. Er hatte doch auch sein Tal, und keiner hatte ihm gesagt, daß er dort zu sein habe.

„Weißt du“, erzählte der Wind der Felsen, „vor langer Zeit lebte ich an einem Fluß, und die Auen und Sümpfe an seinen Ufern waren meine Heimat. Dann hörte ich von den großen Winden, und da ich auch gerne einer werden wollte, machte ich mich auf zum Luftschloß. Dort wurde mir eine harte Prüfung auferlegt. Weil ich wie ein großer Wind sein und ein größeres Gebiet für mich alleine wollte, nicht nur ein paar Flußauen und Sümpfe, sagte ich, daß ich mich dort nicht wohl fühle, daß es mir zu feucht sei und zu warm. Da bekam ich ein riesiges Gebiet zugewiesen, das noch ohne Wind war. Und jetzt friste ich mein Dasein in dieser Einöde und komme nicht mehr weg, weil kein anderer Wind dorthin will. Ich hab' die Hoffnung schon aufgegeben, jemals wieder woanders meinem Tagewerk nachgehen zu können.“ Der Wind der Felsen sah traurig vor sich hin.

„Nun, ich möchte auch ein großer Wind werden", sagte Saghir, „deshalb bin ich auf dem Weg zum Luftschloß."

„Du willst ein großer Wind werden? Sei gescheit und kehre um, du könntest dich da leicht übernehmen."

Saghir ärgerte es, daß man ihn schon wieder verkannte. Er wollte ein großer Wind werden, und davon konnte ihn auch niemand abhalten. Es wird sicher seinen Grund haben, daß dieser Wind in der Einöde lebt, dachte Saghir, man braucht sich doch nur anzuschauen, wie der aussieht. Ich werde mich schon durchsetzen, schließlich habe ich viele Erfahrungen im Grünen Tal gesammelt, die mir jetzt sehr nützlich sein werden.

So wehten die beiden schweigend den ansteigenden Pfad entlang. Saghir war so in Gedanken versunken, daß er auf einer Tanne am Wegesrand die Eule und den Raben übersah.

Rana und Ebar hatten die beiden Winde nicht herankommen gehört, hielten vor Schreck die Luft an, als sie Saghir plötzlich wahrnahmen, und hofften, daß er sie nicht entdeckte.

„Wo hat er denn diese Vogelscheuche aufgegabelt?" flüsterte Ebar, als die beiden außer Hörweite waren, und zog den Schnabel hoch.

„Es dürfte wohl auch ein Wind auf dem Weg zum Luftschloß sein. So wird es vielleicht einfacher, Saghir zu folgen, wenn er durch einen Begleiter abgelenkt ist", sagte die Eule, blinzelte und schwang sich in die Luft.

Bald erreichten Saghir und sein Gefährte freies Gelände, in dem noch vereinzelt ein paar Sträucher wuchsen. Die Küste war in greifbare Nähe gerückt.

Der Tag neigte sich dem Ende zu, und die beiden schlugen ihr Nachtlager am Strand auf, um gleich am Morgen nach den Walen Ausschau halten zu können.

Der Mond streifte seine silberne Decke über das Land. Sein Licht spiegelte sich im ruhenden Meer, und die schimmernde Wasseroberfläche erinnerte Saghir an die glitzernden Schneefelder seines Tales, wenn das winterliche Nordlicht die Nacht verzauberte.

Rana und Ebar ließen sich müde auf einem Strauch nieder und schliefen bald tief und fest.

Seltsame Töne drangen am nächsten Morgen an Saghirs Ohren. Manchmal hörte er auch von weitem ein Pusten. Das mußten die Wale mit ihren traurig anmutenden Gesängen sein, die ihn über das Meer zum Luftschloß führen sollten. Saghir hielt angestrengt Ausschau nach ihnen. Schließlich konnte er in der Ferne die ersten Eisberge sehen. Und plötzlich waren sie da. Die Wale tauchten kurz aus den Wellen auf, verschwanden und tauchten wieder auf – im Rhythmus des Meeres zogen sie majestätisch ihre Bahn.

Auf einmal erhob sich ein Wal mit einem gewaltigen Sprung aus dem Wasser, und alle anderen machten es ihm nach. Jetzt ist es an der Zeit, mit ihnen zu reisen, dachte Saghir. Er weckte seinen Begleiter, und sie wehten den Walen hinterher.

Ebar richtete gerade sein Gefieder, als Rana von einem Erkundungsflug zurückkehrte. „Die beiden sind soeben mit den Walen losgezogen“, rief sie Ebar zu. „Wir müssen jetzt mehr Abstand halten, sonst sehen sie uns. Also mach dich langsam fertig, aber nicht zu langsam!“

„Langsam, aber nicht zu langsam“, grummelte Ebar. „Eulen sind einfach eine Plage!“

Rana überhörte dies geflissentlich.

Die nach Süden driftenden Eisberge wurden immer größer, und schließlich konnte der kleine Wind am Horizont eine Landzunge erkennen und einen von aufgetürmten Wolkenbergen umgebenen Gipfel. Blitze leuchteten auf und ließen ihn immer wieder in hellem Licht erscheinen. Das Grollen des Donners war von ferne schon leise zu hören.

Die Wale näherten sich der kleinen Bucht, die der Wind des Eises beschrieben hatte, und drehten noch einige Runden, als wollten sie sich verabschieden. Saghir fegte aber schon ungeduldig den Hang hinauf, wobei er seinen Begleiter hinter sich ließ.

Ohne große Anstrengung hatte er den Weg bis hierher gemeistert, und alle Widrigkeiten, vor denen man ihn gewarnt hatte, waren harmlos gewesen. Seine Freunde würden Augen machen, wenn sie ihn jetzt sehen könnten, den großen Wind Saghir.

Das Treffen der Winde

Das Gebirge aus Wolken, das sich vor Saghir auftürmte, war mächtiger als alle Berge, die das Grüne Tal umschlossen. Der kleine Wind nahm seinen ganzen Mut zusammen und zog dem Schloß entgegen. Ein unheimliches Pfeifen ertönte hinter ihm, ein riesiger Wind toste an ihm vorbei und blies ihn einfach zur Seite. „Guten Tag!" rief Saghir hinter ihm her, aber der Hüne schenkte ihm nicht die geringste Beachtung.

Als er sich dem Schloß näherte, wurde Saghir von einer gigantischen Staubwand eingeholt. Ein gelblicher Schleier umgab ihn auf einmal, und er konnte kaum noch atmen. Es war feinster Sand. Saghir hielt sich Augen und Nase zu. Dann versetzte ihm jemand einen Stoß, und eine tiefe Stimme rief: „Aus dem Weg, du Winzling!"

Das ist ja ein Benehmen, dachte der kleine Wind und schüttelte sich den Sand aus den Haaren.

Bald sah er das prächtige Portal zum Luftschloß der Winde, und mit innerer Genugtuung wehte er darauf zu.

Rana und Ebar hatten die Bucht mittlerweile ebenfalls erreicht, und auch sie hatten Mühe gehabt, dem auf das Schloß zurasenden Sandsturm auszuweichen, um nicht durch die Luft gewirbelt zu werden.

„Ebar, du siehst etwas zerzaust aus." Die Eule grinste.

„Ach, bin ich etwa auf die Idee gekommen, Saghir nachzufliegen?" zeterte der Rabe. „Und jetzt muß ich mich auch noch verspotten lassen! Mach dir lieber Gedanken, wie wir in dieses Schloß kommen, ohne vom Blitz getrof-

fen oder von einem Sturm weggefegt zu werden.“ Ebar blickte ängstlich drein.

„Wir werden hier unten warten, bis alle Winde angekommen sind, und uns dann auf den Weg machen“, sprach Rana mit betont ruhiger Stimme, der anzumerken war, daß die Eule ihre eigenen Zweifel unterdrücken mußte. „Es wird schon eine Möglichkeit geben, ins Schloß zu gelangen, ohne daß wir gleich mit dem Schlimmsten rechnen müssen.“

Sie ließen sich in einer geschützten Felsnische nieder und ordneten erst einmal ihr Gefieder.

Saghir bestaunte inzwischen das riesige Eingangstor. Als er es passieren wollte, schlug direkt vor ihm ein Blitz ein, und ein baumhohes Wesen stellte sich ihm in den Weg: „Wo willst du denn hin?“

„Ich möchte zum Treffen der großen Winde“, sagte Saghir verschüchtert.

„Bist du etwa ein großer Wind, den ich kennen müßte?“ fragte das Wesen spöttisch.

„Ich bin Saghir, der Wind des Grünen Tales, und ich habe eine Einladung vom großen Wind des Nordens.“

„Wenn das so ist, dann werde ich nachfragen. Du bleibst solange hier und rührst dich nicht vom Fleck, bis ich zurückkomme!“

Saghir schaute dem Wesen nach, das sich in den Wolken des Luftschlosses entfernte. Viele Gedanken gingen ihm durch den Kopf: Hat der Wind des Eises überhaupt den Wind des Nordens gefragt? Und warum hat der Geist des Hochwaldes so gelacht, als er hörte, daß ich auf dem Weg zum Treffen der großen Winde bin?

Nach einer Weile kehrte der Portalwächter zurück und lächelte. „Verzeih, wenn ich dir nicht geglaubt habe. Der große Wind des Nordens hat dich tatsächlich eingeladen, und er ist schon gespannt darauf, dich kennenzulernen. Du mußt ja wahrhaftig ein besonderer Wind sein, daß man dir Einlaß gewährt."

Saghirs Herz überschlug sich fast, doch nach außen versuchte er, wohlwollendes Verständnis dafür zu zeigen, daß er so unterschätzt worden war. Das Wesen geleitete ihn durch verschlungene Flure zu einem Gemach, wo er sich ausruhen sollte und für die nächsten Tage eine standesgemäße Unterkunft hatte. Als der Wächter gegangen war, fegte Saghir vor Freude durch sein Wolkenzimmer. Er hatte es geschafft! Die großen Winde hatten ihn in ihren Kreis aufgenommen!

In dieser Nacht mischten sich seine Träume mit den tosenden Geräuschen, die in den endlosen Gängen widerhallten, und mit unzähligen Blitzen, von denen das Luftschloß der Winde erhellt wurde.

Das erste Sonnenlicht fiel auf Ebars Augen, die aus der Felsnische blinzelten. „Rana, wach auf", flüsterte er. „Die Sonne geht schon auf, wir sollten uns auf den Weg machen."

„Müssen wir schon wieder tagsüber unterwegs sein", brummte die Eule ärgerlich. „Du weißt doch genau, daß ich eigentlich am Tag schlafe." Doch schließlich breitete auch sie ihre Flügel aus, und die beiden Vögel flogen auf das Schloß zu.

Schwere Wolken hingen am Berggipfel, und dicke Nebelschwaden erschwerten das Atmen. Was hätte Ebar *jetzt dafür gegeben, auf seiner Fichte sitzen und das Grüne Tal überblicken zu können!*

In den Gewölben des Schlosses herrschte schon seit Stunden Unruhe. Winde aus allen Teilen der Erde wehten durch die langen Flure, begrüßten einander oder fielen sich in die Arme, daß es nur so brauste. Als Saghir aus seinem Zimmer kam, staunte er, wie viele Winde hier überall versammelt waren, und er hörte Sprachen, die er noch nie vernommen hatte. Ganz wohl fühlte er sich nicht beim Anblick der mächtigen Staturen, die ihn um ein Vielfaches überragten.

Er wollte nun erst einmal den Wind des Eises suchen oder seinen Begleiter vom Vortag, den er in seiner Begeisterung einfach hinter sich gelassen hatte. Ob er mir deshalb wohl böse ist? fragte sich Saghir.

Wenn er jemanden finden würde, der ihn kannte, dann ließen sich bestimmt auch neue Kontakte leichter knüpfen. Und so suchte er umher und erkundete das Luftschloß auf eigene Faust. Dabei entdeckte er viele weitere Gänge, die sich in alle Himmelsrichtungen verzweigten, doch überall war so viel los, daß es in diesem Getümmel schwer war, einen bestimmten Wind zu finden.

Da fiel Saghir ein kleiner Wind auf. Der machte zwar keinen sonderlich fröhlichen Eindruck, aber ihn anzusprechen, würde Saghir sich getrauen. „Hallo", sagte er, „ich bin der Wind des Grünen Tales. Und wer bist du?"

„Ich bin der Wind der Flure", antwortete der andere höflich.

„Hast du schon oft an diesen Treffen teilgenommen?" fragte Saghir, erfreut darüber, daß er mit jemandem sprechen konnte, ohne daß dieser ihm gleich Angst einflößte.

„Ich bin immer hier im Schloß“, antwortete der Wind der Flure, „aber ich nehme nicht am Treffen teil. Ich bringe die Flure wieder in Ordnung, entferne den Schmutz und räume auf. Nimmst du denn an der Versammlung teil?“

„Natürlich!“ sagte Saghir voller Stolz. „Der große Wind des Nordens hat mich eingeladen.“

„Du kennst den großen Wind des Nordens?“

„Nun, ich kenne ihn nicht persönlich, aber wir haben einen gemeinsamen Freund.“

„Ach so, du kennst ihn nicht persönlich. Na, dann wirst du ihn ja kennenlernen. Hoffentlich verstehst du Spaß!“

„Oh ja, ich bin selbst sehr lustig“, lächelte Saghir. Der Wind der Flure zog eine Augenbraue hoch und lächelte zurück. Ein netter Wind, dachte Saghir.

„Hast du dir die großen Winde schon einmal angesehen?“ fragte der Wind der Flure. „Hast du schon mit einem geredet?“

„Nein, bis jetzt noch nicht.“

„Dann kehre am besten zurück in dein Grünes Tal, du wirst hier keine Freunde finden, glaub mir!“

„Ich habe die Reise hierher angetreten, um ein großer Wind zu werden, und davon kann mich keiner abhalten“, sagte Saghir gekränkt.

„Entschuldige, wenn ich dich in deinem Stolz verletzt habe, ich hab's nur gut gemeint“, sagte der Wind der Flure und machte sich wieder an die Arbeit.

Der kleine Wind schaute ihm nach und fragte sich, warum man ihm dauernd weismachen wollte, daß hier nicht der richtige Ort für ihn sei. Er schlenderte ziellos durch die Menge und hielt nebenbei weiter Ausschau nach dem Wind des Eises.

„Na, du Wicht, neu im Schloß?" blies es ihm kalt von oben entgegen.

„Ja", hauchte er zurück und schaute in ein grausiges Antlitz, „ich bin Saghir, der Wind des Grünen Tales."

„Oh, du bist also der Wind des Grünen Tales. Ich bin der große Wind des Nordens, und ich habe dich mir nicht so klein vorgestellt", antwortete der Gigant höhnisch lächelnd.

Der sieht ja schauerlich aus, dachte Saghir.

Überall hingen Eiszapfen von ihm herab, und das Meerwasser hatte salzige Streifen im Gesicht, auf den Händen und auf seinem dunkelblauen Umhang hinterlassen. Unter den vereisten Augenbrauen leuchteten zwei Augen, die Saghir an Ranas Augen in der Nacht erinnerten. Die großen Hände schimmerten bläulich, was wohl von seiner Kälte herrührte. „Hast du den Weg gut gefunden?" kam es über die wulstigen Lippen.

„Ja", antwortete Saghir, „wie du siehst, bin ich hier."

„Wer ist denn dieser Gnom?" wollte ein anderer gigantischer Wind wissen, der neben ihnen stehengeblieben war.

„Das ist Saghir, der Wind des Grünen Tals. Er will in den Kreis der großen Winde aufgenommen werden", erklärte der große Wind des Nordens.

„Nun, das wird dann schon recht sein", meinte das Monstrum mit einem breiten Grinsen.

Saghir fragte den großen Wind des Nordens: „Ist der Wind des Eises schon da?"

„Er ist schon früh angekommen. Schließlich muß er im Nordflügel für die kalten Winde die Zimmer kühlen. Du wirst ihn dort bestimmt antreffen."

Der kleine Wind überlegte, wie das zu verstehen sei, wollte aber nicht nachfragen, um sich keine Blöße zu *geben. Der Wind des Eises war also hier, um für andere die Zimmer zu kühlen, so wie der Wind der Flure dort für Ordnung sorgte. Sonderbar, dachte Saghir, und ich werde von den großen Winden aufgenommen? Nun, es wird schon alles seine Richtigkeit haben.*

„Wann beginnt denn das Treffen?" fragte Saghir.

„Morgen hat der Mond seine volle Größe erreicht, dann werden wir in der Halle der Winde das Treffen eröffnen. Bis dahin hast du noch Zeit, einige Winde kennenzulernen."

„Ich frage nur, damit ich den Beginn nicht verpasse."

„Du wirst schon nichts verpassen!" Und mit einem derben Schlag auf Saghirs Schulter rauschte der große Wind des Nordens auf eine Gruppe anderer Winde zu, die sich scheinbar gut amüsierten.

Die ganze Atmosphäre hier gefiel Saghir. Er versuchte, jeden Augenblick zu genießen. Mit erhobenem Kopf durchquerte er die Gänge und eine große Halle, und wenn er Blickkontakt mit einem der Winde hatte, dann nickte er diesem mit hochgezogenen Augenbrauen grüßend zu, als sei er schon immer dabeigewesen.

Auf der Kuppel der Eingangshalle waren zwei Vögel auf einem vereisten Sims gelandet und hielten Ausschau nach dem kleinen Wind.

„Ebar, sieh nur, da unten ist ja unser Held", flüsterte die Eule.

Der Rabe nickte. „Wie der sich aufplustert!"

Dieses Getümmel, der Donner und das dauernde Aufleuchten von Blitzen machten Ebar nervös. Bei jedem Donnerschlag zuckte er zusammen und blinzelte verängstigt. Auf meiner Fichte hätte ich jetzt meine Ruhe, dachte er. Ich könnte meine Vettern besuchen oder einfach über dem Grünen Tal ein paar Runden drehen. Aber was mache ich? Ich ziehe mit einer verrückten Eule los in ein idiotisches Abenteuer. Ja, bin ich denn von allen guten Geistern verlassen? „Was machen wir eigentlich hier?" fragte er. „Wir sind völlig überflüssig, bisher ist doch alles ganz prima gelaufen."

„Man weiß eben erst hinterher, ob man etwas hätte tun können", antwortete Rana.

Immer diese klugen Sprüche, dachte Ebar. Seine kalten Füße interessierten ihn mehr als diese blöden Winde.

Saghir stolzierte unterdessen in der Eingangshalle auf und ab. Langsam gewöhnte er sich an die Größe dieser Gestalten. Ganz so schrecklich, wie sie wirkten, waren sie wohl gar nicht. Ebar hatte ihm zwar einmal erzählt, welch grauenhafte Schäden sie anrichten, aber der hatte es nur von seinem Urgroßvater gehört, und man weiß ja, wie Raben übertreiben. Etwas derb waren die Winde schon, aber nicht so unfreundlich, wie er angenommen hatte. Außerdem würden sie sich einem großen Wind gegenüber, wie er jetzt einer war, gut benehmen.

In einer Ecke saß still ein Wind in einem langen weißen Umhang. Sein Gesicht war von der Sonne braun gebrannt und vom Wetter gegerbt.

„Ich bin Saghir aus dem Grünen Tal", stellte der kleine Wind sich vor.

„Salam", grüßte der Wind, „ich bin Shargk, der große Wind des Ostens und der Wüsten. Bring mir etwas Warmes zu trinken, damit ich die Kälte leichter ertrage."

„Gerne, aber ich muß erst schauen, wo ich ein warmes Getränk bekommen kann", sagte Saghir freundlich.

„Wenn du hier Faxen machen willst, dann bist du bei mir gerade recht“, polterte der große Wind des Ostens und zog eine grimmige Miene.

„Das ist gut, daß du Späße magst, ich kann dir da ...“ Weiter kam Saghir nicht, denn ein heißer Sturm brach über ihn herein und wirbelte ihn auf die andere Seite der Halle. Er wußte nicht, wie ihm geschah. Seltsamer Spaß, dachte er. Als er aufblickte, stand Shargk in seiner vollen Größe vor ihm und schnaubte wütend: „Du sollst gehorchen und mir nichts von Späßen erzählen!“

Einige Winde scharten sich um die beiden und lachten mit ohrenbetäubendem Lärm. Shargk mußte nun auch lachen und rief in die Runde: „Wo habt ihr denn diesen Tölpel her?“

Der große Wind des Nordens trat schmunzelnd vor und verkündete, daß Saghir nicht zu den Bediensteten im Schloß gehöre, sondern in den Kreis der großen Winde aufgenommen werden wolle. Darüber müsse jedoch noch entschieden werden. Und wieder brach schallendes Gelächter aus, so daß Saghir sich die Ohren zuhielt.

„Der ist wirklich zu dumm!“ lästerte Ebar oben auf der Kuppel.

„Hoffentlich merkt er bald, wie dumm er ist“, antwortete Rana.

Die beiden Vögel wechselten an ein anderes Fenster, um den Fortgang des Geschehens besser beobachten zu können. Doch die Winde hatten sich inzwischen wieder anderen Dingen zugewandt.

Dies alles gab Saghir doch zu denken: Da jeder Anfang schwierig ist, wird es auch hier nicht leicht sein, als Neu-

ling akzeptiert zu werden. Aber ich werde schon beweisen, zu was ich fähig bin.

Saghir stand auf und bewegte sich, verlegen nach oben schauend, auf einen der vielen Flure zu. War da eben nicht ein Rabe? Saghir blieb stehen und suchte die Fenster der Kuppel ab.

Die Vögel hatten sich rasch zurückgezogen.

„Warum mußt du dich auch immer so weit vorbeugen?“ zischte Rana den Raben an.

Saghir glaubte, einer Sinnestäuschung aufgesessen zu sein und wehte langsam weiter. Den ganzen Tag schlich er betreten durch das Schloß und vermied es, noch einmal ein Gespräch anzufangen, bevor er nicht vorgestellt worden war. Ich bin eben doch kleiner als die anderen, da kann es schon mal zu Mißverständnissen kommen, dachte er.

Inzwischen war es Abend geworden. Saghir begab sich auf sein Zimmer und legte sich schlafen.

Rana und Ebar machten sich auf die Suche nach Saghirs Zimmer. Sie schauten vorsichtig in die Fenster der unzähligen Räume, bis sie den kleinen Wind entdeckten. Dort ließen sie sich auf dem Sims nieder und beschlossen, hier die Nacht zu verbringen.

Gewaltiger Donner und leuchtende Blitze rissen die drei Abenteurer unsanft aus dem Schlaf. Saghir rieb sich die Augen. Heute beginnt die Versammlung der Winde, dachte er, sprang auf, öffnete die Tür und schaute hinaus in den Flur. Da herrschte schon rege Betriebsamkeit. Also mußte er sich beeilen, damit er auch nichts verpaßte.

Rana und Ebar flogen schnell auf das gewaltige Dach des Luftschlosses, um nicht entdeckt zu werden.

Der kleine Wind fühlte sich an einen Ameisenhaufen erinnert, als er dieses Chaos betrachtete: Die Winde fegten hin und her, stießen aneinander, riefen sich alles mögliche zu und veranstalteten einen unglaublichen Lärm. Und doch schien alles eine gewisse Ordnung zu haben, es war nur schwer, diese zu erkennen. Nun würde er bald auch zu diesem Durcheinander gehören.

Am Eingang zum großen Saal traf er den Wind der Felsen. „Guten Morgen!“ rief Saghir ihm entgegen. „Entschuldige, daß ich dich auf dem Weg zum Schloß zurückgelassen habe, aber ich hatte es so eilig, wie du es dir gar nicht vorstellen kannst.“ Der Wind der Felsen schüttelte nur verwundert den Kopf.

In der riesigen Halle mußten Hunderte, nein, Tausende von Winden versammelt sein. Den kleinen Wind begeisterte die Vielfalt der Gewänder und Sprachen. Daß kaum jemand von ihm Notiz nahm, schrieb er dem geschäftigen Treiben der Anwesenden zu. Daß man ihn einfach nur übersehen könnte, kam ihm nicht in den Sinn.

Heute ist mein Tag, der wunderbarste Tag im Leben eines jeden Windes, dachte er.

Plötzlich sah er den Wind des Eises und wehte auf ihn zu. „Hallo, wie geht's dir? Siehst du, ich bin tatsächlich hier, und ich möchte dir für die Einladung danken. Komm, laß uns ein wenig umherstreifen.“

„Ach, du bist es, kleiner Wind. Es freut mich, dich zu sehen, aber ich habe keine Zeit, ich habe zu tun."

„Ich weiß, du kühlst die Zimmer im Nordflügel des Schlosses, das habe ich vom Wind des Nordens erfahren. Hast du da viele Helfer?"

„Äh – ich bin da eigentlich allein verantwortlich."

„Dann ist es wohl eine wichtige Aufgabe, die du zu erledigen hast?"

„Ja, das kann man sagen", antwortete der Wind des Eises etwas zögerlich.

„Dann will ich dich nicht aufhalten, wir sehen uns ja später", sagte Saghir, während er sich umwandte und in die Halle zurückkehrte. Im Vergleich zu den großen Winden, dachte er, ist der Wind des Eises gar nicht so gewaltig, wie er mir damals auf dem Gletscher erschienen ist.

Während er gemächlich durch die Halle wehte, hörte Saghir eine alles übertönende Stimme: „Ihr Winde der Erde, aus Norden und Süden, aus Westen und Osten, Winde der Ozeane, Gebirge und Wüsten, der Ströme, Regenwälder und Savannen, tretet ein in die Versammlungshalle des Luftschlosses, auf daß die Zusammenkunft der Winde beginnen möge."

Alle eilten nun zu einer Wolkenpforte, die sich geöffnet hatte, und Saghir wurde von der Menge einfach in die Versammlungshalle mitgerissen. Es war ein solches Getöse und Gedränge, daß ihm angst und bange wurde. Jeder versuchte, einen günstigen Platz zu erwischen, lediglich sieben prächtige Throne aus Wolken auf einer mächtigen Empore blieben frei.

Saghir setzte sich an das Ende einer langen Bank. Der Lärm ließ nach und wurde von Geraune und Getuschel abgelöst. Der kleine Wind fand das alles unglaublich auf-

regend. Er fühlte sich von allen beobachtet, obwohl deren Blicke ihn nur streiften und ihn gar nicht richtig zur Kenntnis nahmen.

Über der Empore schossen Blitze aus der Wolkendecke und hüllten die sieben Throne in ein unwirkliches Licht. Da erstarrte der Saal plötzlich in Schweigen. Aus einer Nische neben der Empore tauchten nun hintereinander sieben Hünen auf. Bedächtig näherte sich jeder von ihnen einem Thron. Sie trugen schwere himmelblaue Umhänge, von mit Sternen geschmückten Spangen gehalten. Den Koloß in der Mitte erkannte Saghir als den großen Wind des Nordens, und auch Shargk fiel ihm sofort durch sein markantes Gesicht auf. Der große Wind des Nordens setzte sich und schaute mit frostigem Blick in die Runde. Saghir lief es eiskalt den Rücken hinunter, er fühlte den unnahbaren Blick des großen Windes auf sich ruhen.

Nachdem sich auch die anderen großen Winde gesetzt hatten, erhob der große Wind des Nordens seine Stimme und sprach zu den Versammelten: „Ihr Winde der Erde, die ihr zum Luftschloß gereist seid, um heute an unserem großen Treffen teilzunehmen, seid willkommen! Das Jahr verging in Windeseile. Ihr habt eure Arbeit getan, und wir wollen hören, was ihr zu berichten habt. Erzählt von den kleinen und großen Ereignissen, und die beeindruckendsten Taten sollen im Buch der Sturmwolken verewigt werden. Wer Überdurchschnittliches geleistet hat, der soll belohnt werden. Doch wer hinter unseren Erwartungen zurückgeblieben ist, der wird sich dem Spruch des Windgerichts beugen müssen."

Rana und Ebar saßen unterdessen auf dem Dach des Schlosses, und langsam wurde ihnen kalt. So beschlossen *sie, nach einer Öffnung zu suchen, um in einen der Flure zu gelangen, die jetzt wie leergefegt waren. Kein Wind war mehr zu sehen, so konnten sie sicher sein, nicht entdeckt zu werden. Ebar machte dennoch einen unglücklichen Eindruck. Ihm wurde alles zuviel: die Kälte, der dauernde Donner und die ständig zuckenden Blitze. Am liebsten hätte er unverzüglich die Heimreise angetreten, wenn ihn Rana nicht mit Engelszungen davon abgehalten hätte. Eulen sind eben doch eine Plage, dachte er.*

„Irgendwie müssen wir in die Versammlungshalle", sagte Rana.

„Komm, wir wollen uns erst einen Moment hier aufwärmen. In die Halle können wir wahrscheinlich ja doch nur wieder von außen", nörgelte der Rabe.

Die Eule nickte, obwohl sie neugierig war zu sehen, wie es Saghir jetzt erging. Unruhig trippelte sie von einem Fuß auf den anderen, was Ebar wiederum nervös machte. Trotzdem blieben sie noch eine ganze Weile im Flur.

„So werden wir in den nächsten zwei Tagen hören, was die Winde dieser Erde alles geleistet haben, und am Ende darüber befinden, was gut und was schlecht gewesen ist. Und wir werden auch über die Wünsche der Winde zu Rate sitzen, die in unseren Kreis aufgenommen werden möchten", fuhr der große Wind des Nordens fort.

Saghir fühlte sich angesprochen und bemühte sich prompt um einen wichtigen Gesichtsausdruck. Doch niemand beachtete ihn. Alle schauten zur Empore, wo würdevoll die Oberhäupter aller Winde saßen. Aus der seitlichen Wolkennische kam ein baumgroßer Wind. Er verbeugte sich, übergab dem großen Wind des Nordens eine riesige Papierrolle und sprach: „Auf dieser Liste sind sowohl die Brüder eingetragen, die von ihren Taten berichten wollen, als auch die, welche Rechenschaft ablegen müssen. Damit kann nun das Treffen der Winde offiziell beginnen!“

Saghir fand den ganzen Auftritt etwas geschwollen und übertrieben. Das Gehabe und diese Förmlichkeit waren ihm fremd. Im Grünen Tal redete man anders miteinander. Aber vielleicht mußte er ja noch einiges lernen, und dazu war er schließlich hier.

Der große Wind des Nordens löste das Band um die Rolle und las mit glühenden Augen vor: „Der große Wirbelsturm möge den Anfang machen. Er hat Gewaltiges erlebt und soll uns davon erzählen.“

Vor der Empore richtete sich ein wahres Ungetüm auf. Saghir konnte es nur von hinten sehen, aber schon der enorme Umhang aus grobem Stoff, die krausen, langen Haare und die mächtige Gestalt flößten ihm Respekt ein. Diesem Genossen wollte er nicht allein in einem dunklen Wald begegnen.

Der große Wirbelsturm begab sich zum Rednerpult. Seine tiefliegenden Augen stachen in die Menge. Er trug einen Bart, der bis auf den Boden reichte, und seine Hände waren knorrig wie die Äste einer alten Eiche. Als er tief einatmete, bevor er zu sprechen begann, glaubte Saghir, die Luft würde aus dem Saal gesaugt.

„Ich, der große Wirbelsturm, werde euch wiedergeben, was ich im letzten Jahr alles erlebt habe. Die grünen Landstriche meiner Heimat sind flach und nur an wenigen Stellen mit Hügeln versehen. Es gibt viele Seen und Sümpfe. Fruchtbarer Boden und Tierreichtum waren die Grundlage dafür, daß sich im Laufe der Zeit immer mehr Menschen angesiedelt haben. Sie errichteten ihre Häuser

an den Ufern der Seen, bauten Straßen quer durch das Land und legten großräumig Felder an. Im Spätsommer wurde es mir zu viel. Und so entschied ich, diesem Treiben ein Ende zu bereiten. Auf dem angrenzenden Ozean nahm ich einen gewaltigen Anlauf und raste auf das Festland zu. Ich drückte das Getreide nieder und fegte die Dächer von den Häusern. Die Menschen flüchteten, wenn sie mich nur sahen. Alles, was ich in die Finger bekam, wirbelte ich durch die Luft, bis kein Stück mehr zum anderen paßte. Bäume wurden entwurzelt, und viele Tiere entkamen nur mit knapper Not. Wenige Gebäude hielten meiner Zerstörungswut stand."

Die Winde klatschten Beifall. Saghir war entsetzt und zugleich etwas erstaunt darüber. Wie konnte man das gutheißen, was der Wirbelsturm getan hatte? Aber es würden ja noch andere Winde zu Wort kommen.

„Und außerdem", erzählte der große Wirbelsturm begeistert weiter, „sorgte ich dann noch für einen sintflutartigen Wolkenbruch, der alles mitriß, was nicht befestigt war. Ihr hättet dabeisein sollen, so etwas habt ihr noch nicht gesehen."

Der kleine Wind dachte an sein Grünes Tal und daß er bestimmt nicht hätte dabeisein wollen. So ein Unwind! Doch um Saghir herum wurde gejubelt, und einige führten die reinsten Freudentänze auf.

Rana und Ebar waren in den Gang zur Versammlungshalle gelangt. Sie hörten den Tumult und sahen sich verwundert an. „Diese Winde sind schon seltsam", sagte Rana. Ebar wollte eigentlich noch einmal energisch darauf hinweisen, daß er nun aber wirklich genug hatte von diesem unwirtlichen Ort, aber die Eule hätte ihm doch nur wieder entgegnet, was er für ein Angsthase sei. Also schluckte er seinen Unmut hinunter und machte gute Miene zum bösen Spiel, soweit Raben eine gute Miene machen können.

Rana flog zu einem Fenster unterhalb des Deckengewölbes, und Ebar folgte ihr widerwillig und murrend. So konnten sie das Geschehen besser beobachten. Schrecklicher Lärm drang bis zu ihnen, und man hätte meinen können, dort unten sei eine wüste Schlägerei im Gange. Saghir war in diesem Gedränge nicht zu entdecken.

Der große Wirbelsturm kehrte unter rauschendem Beifall und zustimmendem Gejohle auf seinen Platz zurück.

„Nun berichtet der Wind des Blauen Ozeans", rief der große Wind des Nordens in die Runde, während er sich mit zufriedenem Gesichtsausdruck auf seinem Thron zurücklehnte.

So ging das den ganzen Tag. Wind um Wind hielten sie ihre Reden, und es schien, als wollte einer den anderen mit seinen Schilderungen übertreffen. Saghir war enttäuscht, hatte er doch geglaubt, hier auf Gleichgesinnte zu treffen, die ihre Erfahrungen austauschen würden, und dadurch zu lernen. Aber was ihm bis jetzt zu Ohren gekommen war, konnte er im Grünen Tal nicht gebrauchen. Er wollte nicht Angst und Schrecken verbreiten. Ganz tief im Innern war er ein wenig traurig, außerdem hatte er Heimweh.

Im Grünen Tal hatten die Menschen inzwischen bemerkt, daß sich kein Windhauch mehr regte, der Adler nicht mehr im Aufwind über dem Tal kreiste und die Oberfläche des Sees zu einem unbewegten Spiegel ge-

worden war. Sie ahnten nicht, was die Tiere seit Saghirs Abreise wußten, aber ihnen war klar, daß etwas nicht stimmen konnte. Es war heiß im Tal, und ein Regenschauer wäre wohltuend gewesen, aber nicht ein Wölkchen war zu sehen. Die Bauern holten mit großen Fässern Wasser vom Gebirgsbach und brachten es auf die Felder und Wiesen, damit wenigstens die Böden feucht blieben und das Getreide nicht vertrocknete. Auch mußten sie ihre Tiere zum Trinken an den See treiben. Doch ihre größte Sorge war, wie lange die Windstille wohl noch anhalten würde. Von alldem wußte Saghir nichts, während er den Schilderungen der Winde zu folgen versuchte.

„Bisher war es vollkommen überflüssig, Saghir nachzureisen!" schimpfte Ebar wütend.

„Nun kräh doch nicht so rum!" sagte die Eule. „Der entscheidende Teil des Treffens findet für unseren Freund noch statt. Und dann erst werden wir sehen, ob unsere Reise wirklich unnötig war."

Eulen geben aber auch kein bißchen nach, dachte der Rabe, schüttelte den Kopf und verdrehte die Augen.

Als die Winde für eine Weile die Halle verließen, um sich in den Fluren etwas Bewegung zu gönnen, blieb Saghir in sich gekehrt auf der Bank sitzen. So konnte Rana ihn endlich entdecken. „Sieh nur", sagte sie aufgeregt zu Ebar, „wie unser Abenteurer da hockt."

„Wahrscheinlich ist er eingeschlafen."

„Nein. Irgend etwas scheint ihn zu beschäftigen. Oder er träumt mit offenen Augen."

Saghir war es so, als hätte er seinen Namen gehört, und als er aufblickte, stand der Wind des Eises vor ihm.

„Warum flüsterst du?“ fragte Saghir.

„Es steht mir nicht zu, laut zu sprechen. Wer im Rang eines Großwindes steht, kann so laut reden, wie er will, aber die anderen müssen sich standesgemäß leise verhalten und möglichst schweigen.“

„In deinem Eisfeld tönst du aber ganz anders herum!“

Verlegen sah der Wind des Eises Saghir an.

„Entschuldige, aber ich dachte, du seist ein großer Wind“, fügte Saghir deshalb schnell hinzu.

„Nun ja, ein großer Wind und ein richtiger Großwind, da gibt es schon Unterschiede. Und um dazuzugehören, muß man nun mal mit den Großen blasen. Bis man selbst ein wirklich großer Wind ist, vergeht eben viel Zeit.“

Das leuchtete Saghir ein. Wahrscheinlich hatte er am ersten Tag seines Aufenthaltes im Luftschloß einfach zu viel erwartet.

„Und du hast ja gehört“, fuhr der Wind des Eises fort, „was diese Winde für großartige Dinge tun.“

„Ich finde das gar nicht großartig! Es ist zum Teil sogar gemein, wie sie ihre Macht einsetzen.“

„Das beweist nur, daß du so schnell kein großer Wind wirst. Es werden noch welche zu Wort kommen, die ähnlich denken wie du. Aber die erhalten fast nie größere Verantwortungsbereiche und werden nur sehr selten zu großen Winden befördert.“

„Vielleicht muß ich wirklich noch eine Menge lernen“, meinte Saghir.

„Das glaube ich auch. Sei standhaft, gib dir Mühe und benimm dich gut, dann kannst du es eines Tages schaffen!“ Mit diesen Worten wandte sich der Wind des Eises um und entschwand.

Saghir war verwundert, es kamen ihm alle möglichen Gedanken. Hatte Ebar nicht gesagt, daß der Wind des Eises gar kein großer Wind sei? Wie recht er damit hatte, dachte Saghir. Dieser Geselle muß hier flüsternd durch das Schloß wandeln, und in seinem Eisfeld gibt er an, als sei er einer der ganz großen Winde. Nun ärgerte sich der kleine Wind, daß er überhaupt solche Angst vor ihm gehabt hatte.

Die Sonne warf ihre schwächer werdenden Strahlen durch die Fenster im Dach, und die Empore mit den Thronen wurde zu einer irreal erscheinenden Kulisse. Saghir wurde von einer ihm unbekannten Schwermut erfaßt. War er nicht gestern noch mit erhobenem Haupt durch die große Halle stolziert? Ja, er träumte mit offenen Augen, und alles um ihn herum schien weit, weit weg zu sein. Er registrierte nicht einmal die zurückkehrenden Winde, die nun wieder ihre Plätze einnahmen, um dem weiteren Verlauf der Versammlung zu folgen.

„Warum stierst du so auf den Boden?" hauchte ihm jemand von der Seite ins Ohr.

Saghir erschrak, hob den Kopf und sah in ein hageres Gesicht. „Verzeiht, ich habe wohl nachgedacht", entschuldigte er sich.

„Denk nicht so viel, dazu ist noch nicht genügend Platz in deinem kleinen Kopf! Wenn du – ich weiß nicht, wieso – hier schon Einlaß erhalten hast, dann solltest du den großen Winden auch genau zuhören!"

Gerade präsentierte sich wortgewaltig ein weiterer großer Wirbelsturm, und seine Ausführungen wurden beklatscht und bejubelt. Nur Saghir empfand keine Freude. Warum diese Beifallsstürme, gerade bei den schrecklichsten Berichten? Vielleicht muß man nur alles von der rich-

tigen Seite sehen, dann hat es wohl doch seinen Sinn, beschwichtigte er seine dunklen Gedanken und wandte seine Aufmerksamkeit wieder dem Redner zu.

Rana und Ebar waren erstaunt, als sich an den Fenstern neben ihnen einige kleine Winde niederließen, um ebenfalls das Schauspiel verfolgen zu können. „Warum seid ihr nicht da unten?" sprach die Eule einen der kleinen Winde an.

„Wir dürfen nicht teilnehmen, weil wir noch keine großen Taten vollbracht haben. Davon abgesehen gibt es auch Winde, die nicht mehr dazugehören, weil sie ihrer Aufgabe nicht gerecht wurden und versagt haben."

Rana sah nachdenklich den Raben an.

„Und so beobachten wir das Geschehen eben von hier oben", fuhr der Wind fort, „obwohl uns das eigentlich auch verboten ist."

„Wer wird denn in den Kreis der großen Winde aufgenommen?" fragte die Eule.

„Da muß man schon einige Jahre für ein großes Gebiet verantwortlich sein, um überhaupt an eine Aufnahme denken zu können. Man muß sehr kräftig sein und Ausdauer haben. Nur die Stärksten und Skrupellosesten haben die Chance, einmal zu einem Großwind ernannt zu werden."

„Und wenn nun ein kleiner Wind trotzdem versucht, aufgenommen zu werden?" wollte Rana wissen.

„Das ist unmöglich."

„Aber in der Halle sitzt so ein kleiner Wind, der eine Einladung vom großen Wind des Nordens erhalten hat."

„Ach? Dann wird es diesmal wieder lustig!" antwortete der Wind.

„Was soll da lustig werden?" fragte die Eule.

„Viele Winde wissen nichts oder nur sehr wenig über die großen Winde. Und so machen die sich hier natürlich gerne lustig über diese Träumer. Es ist naiv zu glauben, daß man hier einfach hereinspaziert und dieses Schloß als Großwind verläßt. Man muß viele Jahrzehnte dienen und gehorchen, und manchmal verschwindet das gesetzte Ziel aus den Augen. Und dann gibt es ja noch viele andere Anwärter auf diesem Weg, so daß man schnell lernt, seine Konkurrenten auszuschalten. Wer auf der Strecke bleibt, arbeitet dann hier im Schloß oder weht in den verstecktesten Winkeln dieser Erde. Und all das nur, weil man sich überschätzt hat."

„Siehst du, Rana", krächzte der Rabe, „wie ich mir das gedacht habe. Unser großer Wind läuft geradewegs in sein Verderben!"

„Mmh", brummte die Eule, da ihr trotz aller Weisheit nichts anderes dazu einfiel, und fügte hinzu: „Was können wir nur tun, um Saghir vor dieser Dummheit zu bewahren?"

„Ja, was?"

„Oh, Ebar, manchmal bist du wirklich eine große Hilfe!"

Genau so hatte Ebar sich das vorgestellt. Er mußte sich etwas einfallen lassen, damit dieser Dummkopf Saghir wieder mit den Füßen auf den Boden kam. Und das alles, wo Eulen doch an sich schon eine Plage sind. „Wir müssen heute nacht mit Saghir reden. Er wird zwar böse sein, aber wie ich dich kenne, Rana, werden dir schon die richtigen Worte einfallen."

Die Eule blickte den Raben mürrisch an, nickte und schloß nach Eulenart ein Auge, um besser nachdenken zu können. Ebar fand, daß er die ganze Situation wieder ein-

mal gerettet hatte. Was würde Rana bloß ohne ihn machen?

Inzwischen war es dunkel geworden. In der großen Halle war eine lange Tafel aufgebaut worden, an der alle Winde Platz nahmen und auf welcher ein Festmahl aufgetischt wurde. Es würde wohl eine lange Nacht werden. Saghir hatte den Rednern aufmerksam zugehört. Seine Stimmung hatte sich inzwischen gebessert, aber richtig wohl fühlte er sich immer noch nicht. Jetzt, an der großen Tafel, wollte er mal mit sympathischen Winden ins Gespräch kommen. Er entdeckte zwei, die zwar nicht ganz so mächtig aussahen, aber dafür einen freundlichen Eindruck machten. Saghir wehte auf die beiden zu und fragte, ob er sich dazusetzen dürfe. Die beiden schauten einander erstaunt an, zogen die Stirn hoch und ließen ihn gewähren.

„Wie heißt du?" fragte ihn der eine.

„Saghir. Ich bin der Wind des Grünen Tales."

„Ich bin Tamam, und das ist Tamim" sagte der größere der beiden, „wir leben auf einer Inselgruppe im warmen Ozean. Wie kommst du hierher?" Tamam schaute erwartungsvoll auf Saghir hinunter.

„Ich habe eine Einladung vom großen Wind des Nordens bekommen. Ich möchte nämlich auch zu den großen Winden gehören."

Tamam und Tamim grinsten sich an. „Das wird ja eine Freude werden!" sagte Tamam.

„Ja, das glaube ich auch", meinte der kleine Wind. Endlich mal zwei Winde, die freundlich zu mir sind, dachte er.

Saghir fing an, vom Grünen Tal zu erzählen, von seinen Freunden und den wunderbaren Wiesen und Wäldern, von dem kleinen Dorf, dem Gebirgsbach und dem See mit den vielen Seerosen. Die beiden Winde lauschten aufmerksam, und als Saghir nach einer Weile zum Ende kam, schwiegen sie und sahen ihn verwundert an.

„Warum schaut ihr mich so seltsam an?“

„Weißt du“, sagte Tamim, „vor langer Zeit hatten wir ein ähnliches Zuhause, wie du es beschrieben hast. Du mußt dir einen hohen Berg auf einer traumhaften Insel vorstellen, überzogen mit einem Blumenmeer bis fast hinauf zum Gipfel. Der Pflanzenreichtum dort ist unermeßlich, und es gibt Tiere, von denen du noch nie gehört hast.“

„Erzähl weiter!“

„Ach, weißt du, Saghir, das ist alles schon sehr lange her“, sagte Tamim mit einem traurigen Lächeln. „Eines Tages kam ein großer Sturm und trieb eine hohe Flutwelle vor sich her. Wir wehten ihm mit aller Kraft entgegen, um unsere Insel zu beschützen, doch gegen diesen wüsten Gesellen hatten wir keine Chance. Er überschwemmte die flachen Teile der Insel, brach eine breite Schneise der Zerstörung in den Wald und jagte uns noch viele Stunden über den Ozean bis zu einer kleinen, öden Inselgruppe. Erst dort ließ er wieder von uns ab und gab uns zu verstehen, daß dies jetzt unsere neue Heimat sei.“

„Warum seid ihr nicht auf eure Insel zurückgekehrt?“

„Einmal haben wir es versucht und wurden von diesem Sturmwind wieder tagelang über das Meer gescheucht. Er sagte, er werde uns in den entlegensten Winkel der Erde hetzen, wenn wir noch einmal versuchen würden, auf unsere Insel zurückzukommen. Da beschlossen wir, uns an den Rat der Winde zu wenden und unser Recht einzuklagen. Doch dazu muß man erst einmal dem Kreis der großen Winde angehören. Deshalb wollten auch wir hier

aufgenommen werden. Aber bis zum heutigen Tag hat sich an unserer Lage nichts geändert. Der Sturmwind gehört schon seit langem den großen Winden an, und sein Einfluß ist beachtlich. Also werden wir wohl weiterhin auf dieser kargen Inselgruppe verweilen müssen", endete Tamim mit leiser Stimme.

„Weshalb willst du denn zu den großen Winden gehören?" wollte Tamam nach einer Weile des Schweigens wissen.

„Nun, ich möchte einfach nur gerne ein großer Wind sein", antwortete Saghir, und seine Augen leuchteten.

„Warum? Du hast doch ein wunderbares Tal."

„Aber ich möchte so groß und stark sein wie sie."

„Und wozu? Willst du die Kirschblüten, kaum sind sie aufgeblüht, gleich von den Ästen schütteln? Möchtest du als Orkan durch dein Tal fegen und Bäume entwurzeln? Oder willst du gar dein Tal verlassen und woanders ein großer Wind sein?"

„Nein, mein Tal möchte ich nicht verlassen", sagte Saghir leise. Doch es fehlten ihm die Argumente, seinen Wunsch nach einem Leben als großer Wind zu erklären.

„Dein Tal braucht keinen großen Wind", sprach Tamim und legte seine Hand auf die Schulter des kleinen Windes, „es braucht dich!"

Saghir senkte den Blick. Oft hatte man ihm nun schon davon abgeraten, am Treffen der großen Winde teilzunehmen, doch bisher hatte ihn noch keiner nach dem Sinn seines Vorhabens gefragt. Und er selbst hatte auch nicht darüber nachgedacht. Was könnte er denn in seinem Tal als großer Wind besser machen? Er wäre eben ein großer Wind, und was dann? Er war nicht unzufrieden gewesen mit seinem Dasein. Und so zogen ihm nun Gedanken vol-

ler Selbstzweifel durch den Kopf. Er fühlte sich nicht wohl in seiner Haut.

„Schau zurück auf dein Tal", sagte Tamam. „Erst wenn du wirklich erkannt hast und dir bewußt ist, was du besitzt, solltest du dir Gedanken darüber machen, etwas zu ändern – wenn du das dann überhaupt noch möchtest. Doch du erkennst nichts. Du siehst nicht die Schönheit deines Tales, obwohl du davon erzählst. Du willst ein großer Wind werden und weißt nicht einmal, warum."

Saghir schaute Tamam in die Augen und spürte die Offenheit, in der dieser Wind zu ihm sprach. Aber er konnte doch jetzt, so nah am Ziel, nicht aufgeben! Was würden die Freunde zu Hause dann über ihn denken? Nein, er mußte jetzt durchhalten.

Es war spät geworden. Die meisten hatten schon die Tafel verlassen. Saghir verabschiedete sich von seinen Tischnachbarn und begab sich mit gesenktem Kopf in sein Wolkenzimmer. Er legte sich hin und starrte ins Leere. Und plötzlich lief ihm eine Träne über die Wange. Die grellen Blitze und den grollenden Donner nahm er gar nicht wahr. Irgendwann schlief er ein.

Ebar und Rana saßen auf dem Fenstersims und schauten traurig zu Saghir herein, aber es fehlte ihnen der Mut, den kleinen Wind anzusprechen.

Ein schwerer Sturm hatte im Grünen Tal gewütet, Bäume entwurzelt und Dächer von den Häusern gerissen. Die Menschen hatten ihre Wagen mit dem wenigen an Hab und Gut, was sie retten konnten, beladen und die Pferde vorgespannt. Nun zogen sie zum Talausgang. Der See war über die Ufer getreten und hatte die Wiesen über-

schwemmt. Der Regen wollte nicht aufhören, und da der Wald sein schützendes Blätterdach verloren hatte, suchten die Tiere Schutz in Höhlen. In einer Fichte saß ein häßlicher Gnom und betrachtete düster grinsend sein Werk. Saghir erkannte das Gesicht dieses Windes. Erschrocken wachte er auf.

Vor der Versammlungshalle traf der kleine Wind auf das gleiche Durcheinander wie am Tag zuvor. Er hatte eine schlimme Nacht hinter sich und versuchte, trotzdem freundlich zu wirken. Schließlich nahmen die sieben Großwinde wieder auf der Empore Platz, und der große Wind des Nordens wandte sich an die Anwesenden: „Ihr Winde der Erde, die Zeit ist gekommen, die kleinen Winde über ihre Taten berichten zu lassen, um danach zu beratschlagen, wer in den Kreis der großen Winde Aufnahme finden soll. Nicht jeder wird gleich beim ersten Mal Erfolg haben, und es wird einiger Prüfungen bedürfen, bis das gesteckte Ziel erreicht ist, denn nur mit dem Erfolg wächst auch die zugeteilte Verantwortung."

Daraufhin verlas er eine Liste mit den Namen derer, die sich beworben hatten. Ziemlich am Ende vernahm Saghir auch seinen Namen, und er hob lächelnd den Kopf. Das gab ihm wieder Auftrieb, seine Niedergeschlagenheit verflog, und er schaute interessiert zur Empore.

„Es beginnt Madina, ein kleiner Stadtwind", sagte der große Wind des Nordens.

Madina stand schüchtern vor den Zuhörern und brachte kein Wort heraus. Das ist nun wirklich ein kleiner Wind, dachte Saghir, und schmutzig ist er obendrein.

„Nun sag schon was!" rief ein Wind aus der Halle. „Oder bist du gar ein kleiner stummer Wind?"

Das Gelächter machte alles nur noch schlimmer und übertönte Madinas kläglichen Versuch, die richtigen Worte zu finden. Man sah dem Stadtwind seine Nervosität an, und die anderen Winde überschlugen sich fast vor Lachen. Selbst Saghir konnte sich ein Lächeln nicht verkneifen.

„Ich bin Madina", brachte er endlich heraus, „Wind der Stadt, und mein Zuhause liegt nördlich der großen Sandwüste. Ich wirble den ganzen Tag Staub durch die Straßen, in die Häuser und Hütten, so daß die Menschen dauernd mit Kehren beschäftigt sind."

„Einen Wind, der mit Staub spielt, das hatten wir auch noch nicht!" grölte es durch die Halle.

„Natürlich jage ich auch Blätter vor mir her und den Unrat, den die Menschen liegen lassen", sagte Madina voller Stolz, doch das nun einsetzende Gejohle beendete jäh seine Schilderung. Ohne ihn anzusehen, wies der große Wind des Nordens mit dem Zeigefinger in den Saal, und der kleine Stadtwind hastete verlegen zurück auf seinen Platz.

„Er soll noch ein paar Jahre durch seine Stadt wehen und dort weiter mit Staub und Unrat spielen, bevor er sich wieder hier blicken läßt!" rief ihm Shargk höhnisch nach.

Nun wurde der nächste angekündigt, und dieser Wind war schon ein wenig größer. Mit erhobener Stimme fing er an zu reden: „ Ich bin Baladi, Wind der Hochebene nördlich des Großen Stroms. Im Sommer erhalte ich die Wärme, im Winter versuche ich, es nicht allzu kalt werden zu lassen, weil ich Kälte nicht mag. Es ist ein weites Land, und ich bin immer unterwegs, denn es gibt viel zu tun. Im Frühjahr muß der Boden aufgetaut werden, die Tiere war-

ten auf milde Strömungen, und die Pflanzensamen müssen verbreitet werden."

„Was für ein gutmütiger Kerl!" tönte es aus der Menge.

„Tobst du auch mal rum?" rief ein anderer.

„Und ob! Mit den Wildpferden mache ich Wettläufe und bin immer der Schnellere!"

„Ein gutmütiger Wettläufer! Das wird ja immer besser!" schallte es aus einer Ecke.

Saghir empfand das Verhalten der Winde als unfair. Baladi war doch recht angenehm und setzte sich sehr für seine Sache ein.

„Du willst also ein großer Wind werden?" fragte Shargk.

„Ja, das will ich", antwortete Baladi.

Die großen Winde steckten die Köpfe zusammen, und nach einigen Augenblicken erhob sich der große Wind des Nordens und verkündete mit lauter Stimme: „Du sollst deine Chance bekommen. Dir wird im Süden der Erde ein Land zugeteilt, wo du überall schneebedeckte Berge vorfindest, mit Eis überzogene Täler und mächtige Gletscher, die weit entfernt von ihrem Ursprung ins Meer stürzen. Dort wirst du Gelegenheit haben, die Kälte lieben zu lernen, und uns nach einem Jahr berichten, was du alles erlebt hast."

Baladi war blaß geworden. Er sollte ins Eis, wo er doch Kälte haßte. „Aber ich hab' doch gesagt, daß ich Kälte nicht mag."

„Du hast auch gesagt, daß du ein großer Wind werden willst. Also wirst du tun, was man von dir erwartet!"

So hatte Saghir sich das nicht vorgestellt. Man kann doch niemanden gegen seinen Willen fast ans Ende der Welt verbannen! Das empfand er als grausam und demütigend. Er würde sein Tal nicht verlassen, nur um ein großer Wind zu werden. Langsam begriff er seine Lage und suchte in Gedanken nach einem Ausweg. In der Zwischenzeit waren noch andere Winde nach vorne gerufen worden, aber nur die Zwischenrufe und das Gelächter waren an Saghirs Ohren gelangt. Wie sollte er sich verhalten, wenn er an der Reihe war?

„Nun wird uns Saghir von seinem Grünen Tal erzählen!“ rief der große Wind des Nordens.

„Auf geht's, Kleiner!“ munterte ihn sein Nachbar auf, und Saghir erhob sich langsam. Zitternd wehte er zum Rednerpult. Nur mühsam schaffte er die Stufen, und als er dann oben stand, hätte er sich am liebsten in Luft aufgelöst. Ängstlich schaute er in die Runde. Spöttische Blicke ruhten auf ihm. Die verächtlich grinsenden Gesichter ärgerten und verunsicherten ihn. Aber nun war nichts mehr zu ändern. So fing er an zu sprechen: „Ich bin Saghir, der Wind des Grünen Tales, und ich wehe dort schon seit vielen Jahren.“

Gelächter tönte ihm entgegen. Mit leiser Stimme fuhr er fort: „Die Bewohner meines Tals, ob Mensch oder Tier, sind bestimmt sehr zufrieden mit mir.“

„Und wir wären zufrieden, wenn du lauter reden würdest!“ rief jemand.

Saghir blickte in die lachenden Grimassen. Er fand gar nichts komisch an dem, was er gesagt hatte. Es war die Wahrheit. Sollte die etwa zum Lachen sein? Was waren das nur für Dummköpfe? Wollte er wirklich zu dieser Schar von Widerlingen gehören? Mit einer inneren, von Wut angetriebenen Kraft rief er in die Halle: „Warum lacht ihr so?“

Wieder brauste ihm Gelächter entgegen. Betrübt fuhr er leise fort: „Ist es so lustig, wenn man sein Tal liebt und *versucht, Gutes zu tun? Ich möchte ein großer Wind werden, aber ein guter großer Wind!“*

Die Gesichter im Saal verdüsterten sich. Ein guter großer Wind? Saghir hob den Blick, und er spürte, daß er sich nun erst recht den Unmut der Winde zugezogen hatte.

„Hat dich der Größenwahn gepackt, daß du so mit großen Winden redest?“ rief einer und ballte dabei wütend die Fäuste.

„Wer bist du, Zwerg, daß du zu behaupten wagst, wir seien keine guten Winde?“ brüllte ein anderer.

Ein Blitz schlug direkt vor Saghir in den Boden ein.

„Ver ... ver ... versteht ihr mich denn nicht?“ stotterte er. „Könnt ihr nur über Verwüstung und Zerstörung ernsthaft reden? Ich höre hier nur, wie ihr euch an schrecklichen Begebenheiten erfreut.“

Plötzlich wurde es still. Man konnte spüren, wie in den Winden die Wut hochkochte. So etwas war noch nie vorgekommen. Soweit man sich erinnern konnte, hatte noch nie ein kleiner Wind derart aufsässig zu den großen Winden gesprochen.

„Was erlaubst du dir, du Winzling?“ rief einer zornig.

„Ich möchte doch nur zu den großen Winden gehören“, schluchzte Saghir, „ich dachte, daß ich, so wie ich bin, dazugehören könnte.“

Die Winde in der Halle waren verwirrt. Dieser kleine Wind ließ sich nicht einschüchtern und von seinem Weg abbringen, obwohl er weinte und Angst hatte. Keiner versuchte, Saghir zu unterbrechen, da jeder darauf wartete, ein anderer würde aufstehen und gegen den Kleinen Stellung beziehen. Die Stille ermutigte Saghir, abermals seine Gedanken auszusprechen: „Ihr seid mächtig, habt Gewalt über viele Dinge, habt ungeheure Kräfte, doch habt ihr nicht auch Freude daran, zu erhalten, was euch gegeben wurde?"

„Bist du hergekommen, um bei den großen Winden aufgenommen zu werden, oder willst du uns hier maßregeln?" schmetterte ihm der große Wind des Nordens entgegen. „Uns, die Winde der Erde?"

„Habt ihr schon mal den emsigen Bienen zugesehen", erwiderte Saghir, „den Vögeln beim Nestbau, den Adlern bei ihren Rundflügen?"

„Bei allen Stürmen dieser Welt! Bienen! Vögel! Vielleicht sollen wir uns auch noch um die Ameisen kümmern?"

„Warum nicht? Die sind sehr fleißig und ..." Weiter kam Saghir nicht, da Blitz und Donner über ihn hereinbrachen. Er sah nur noch in grimmige Gesichter und wandte sich ab. Spott und Hohn schallten ihm entgegen. Er fühlte sich hilflos und allein.

„Nun sprich endlich weiter, du großer Wohltäter!" hörte er Shargk rufen.

Saghir versuchte, sein Schluchzen zu unterdrücken. Es klang schon etwas resigniert, als er seine Stimme erhob: „Ich wollte doch nur ein großer Wind werden, sonst nichts."

Er erntete nichts als abweisendes Gelächter, geringschätzige Blicke und beleidigende Zurufe! Wie gerne wäre Saghir jetzt im Grünen Tal gewesen und hätte noch nie von den großen Winden gehört. Er entdeckte den Wind der Felsen, seinen Reisekamerad. Der hatte scheinbar Mitleid mit ihm und senkte traurig den Blick, als Saghir ihn ansah.

„Du wirst einen Platz bekommen, um dich zu bewähren", hörte Saghir den großen Wind des Nordens

sagen. „Und zu einem späteren Zeitpunkt kannst du dich erneut um Aufnahme in unseren Kreis bewerben. Wir werden dir ein besonderes Plätzchen aussuchen, an dem du nachdenken und dich darauf vorbereiten kannst. Und da du hier noch keine Freunde hast, die dich unterstützen, wirst du tun, was dir aufgetragen wird!"

„Aber ich habe doch Freunde!" schluchzte Saghir.

„Hier in diesem Saal?" brauste Shargk.

„Nicht hier, aber im ..."

„Nicht hier? Wo, glaubst du, brauchst du jetzt deine Freunde?" schnitt Shargk ihm das Wort ab.

„In meinem Tal habe ich Ebar, den Raben, zum Freund."

„Einen Raben! Einen feigen Raben hat er zum Freund!" verhöhnte man ihn.

Die Halle bebte.

Ist ein Rabe denn kein Freund? dachte Saghir. Was ist so falsch an meinem Leben, daß hier keiner Verständnis für mich aufbringt?

„Dann bist du ja in guten Händen!" Shargk schüttelte den Kopf. „Ein Rabe!"

Shargk bekam stürmischen Applaus, und Saghir wurde immer kleinlauter und trauriger. So ergeht's einem, wenn man unbedingt Wege gehen will, die einem nicht vorgegeben sind, dachte er. Hätte ich nur auf Ebar gehört! Aber der ist ja weit weg! Doch jeder ist nun mal für sich selbst verantwortlich.

Gerade wollte Saghir, ohne um Erlaubnis zu fragen, das Podest mit dem Rednerpult verlassen und bewegte sich auf die Treppe zum Saal zu, als er plötzlich einen Druck auf seiner Schulter spürte und Ebar dort sitzen sah.

„Ja, ein Rabe!" krächzte Ebar lauthals. Er fühlte sich gekränkt durch die abfälligen Bemerkungen der großen

Winde und hatte seinem Herzen einen Stoß gegeben, um diesen Typen zu zeigen, was für ein Kerl ein Rabe ist, vor allem, wenn er Ebar heißt. Ganz wohl war ihm dabei zwar nicht, aber Raben tun manchmal etwas, was man ihnen nicht zutraut.

Lautes Gemurmel erfüllte die Versammlungshalle. Saghir schaute verblüfft Ebar an, dieser schaute ziemlich verdutzt Saghir an, und beide lächelten.

„Ein Rabe beim Treffen der großen Winde?“ dröhnte es von hinten. „Das ist doch die Höhe!“

Saghir wandte sich um und antwortete: „Ja, ein Rabe! Aber kein feiger Rabe, sondern ein Freund!“

„Halt hier keine Reden“, flüsterte Ebar, „laß uns verschwinden, solange es noch geht!“

Mit ausgebreiteten Flügeln flog nun auch Rana zu Saghir herab. Ihr Schatten ließ die Winde erstaunt nach oben blicken. Die Eule setzte sich auf das Rednerpult und sprach: „Ich bin Rana aus dem Grünen Tal. Ich habe den Disput lange genug mit angehört. Und nun möchte ich dich, großer Wind des Nordens, fragen: Gibt es eine Regel, die besagt, daß Raben vom Treffen der Winde ausgeschlossen sind? Saghir hat Freunde hier! Und mit Freunden meintest du doch nicht nur Winde, oder?“

Stille kehrte ein. Die versammelten Winde sahen erwartungsvoll den großen Wind des Nordens an, dann die Eule und dann wieder den Großwind. Sie waren gespannt, was jetzt geschehen würde.

„Also, es gibt in der Tat keine Regel, doch wie sollte man auch auf den Gedanken kommen, daß Raben teilnehmen möchten?“ sagte der große Wind des Nordens. „Bei der Frage nach Freunden magst du recht haben. Aber auch

hier ging ich natürlich von den anwesenden Winden aus. Das verstehst du sicher."

„Aber Freunde sind Freunde und nicht gezwungenermaßen Winde! Oder sehe ich das falsch?" fragte die Eule.

„Freunde – nun ja, die sind nicht einer bestimmten Gruppe zuzuordnen. Was willst du mir damit sagen?"

„Da Saghir nun doch Freunde hier hat, muß er eurer Weisung nicht folgen und dürfte demnach seines Weges ziehen. Du, großer Wind des Nordens, hast gesagt: Und da du hier noch keine Freunde hast, die dich unterstützen, wirst du tun, was dir aufgetragen wird. Das entspricht nun nicht mehr den Tatsachen. Oder?"

„Ja, das waren meine Worte, und ich werde mich auch daran halten", brummte der große Wind ärgerlich.

„Du bist doch klüger, als ich dachte", flüsterte Ebar zu Rana.

Die Winde hatten sich nach anfänglicher Verwirrung nun wieder gefangen. Einige erhoben sich wütend und drängten vor zur Empore. „Wie kannst du das zulassen, großer Wind des Nordens?" rief einer empört hinauf.

„Auf das Wort eines Großwindes wird man sich doch wohl verlassen können", warf die Eule rasch ein.

Da kamen von den Dachfenstern her begeisterte Zurufe und donnernder Applaus. Die großen Winde schauten zornig nach oben. Dort saßen die kleinen Winde, die am Treffen nicht teilnehmen durften, jubelten und klatschten heftig Beifall.

Der große Wind des Nordens hatte sich erhoben. „Ich wünsche, daß man Saghir ziehen läßt. Er hat mein Wort. Aber eines gebe ich dir noch mit auf den Weg, du Zwerg: Laß dich hier im Luftschloß nie wieder blicken! Du hattest deine Chance. Die hast du hiermit vertan. Und hüte dich *von nun an vor den großen Winden, sie werden dich jagen bis ans Ende der Welt, wenn du auch nur in ihre Nähe kommst! Meide also die Weiten der Wüsten und der Ozeane, meide die großen Ströme und die Regenwälder, denn wird man dort deiner gewahr, wird es für dich keine Gnade geben!" Die Augen des Großwindes leuchteten grün vor Wut. „Und nun geh, nimm deine Freunde mit und verlaß auf der Stelle das Luftschloß!"*

Nach diesen Worten nahm der große Wind des Nordens wieder Platz auf seinem Thron und hüllte sich in Schweigen. Im ganzen Saal war es still. Kein Wind rührte sich.

Auf einmal ertönte von den Dachfenstern her erneut rauschender Beifall, und einige der kleinen Winde riefen laut: „Hurra!"

Ebar erhob stolz den Kopf. Er schaute von Saghirs Schulter auf die Winde und fühlte sich wie ein großer Held.

Saghir fegte die Stufen hinab und durchquerte die Versammlungshalle, gefolgt von Rana und Ebar. Die Winde hielten einen schmalen Durchgang frei, und bitterböse Blicke begleiteten die drei bis zum Ausgang. Als sie auch das Portal hinter sich hatten, drehte sich Saghir noch einmal um und schaute ein letztes Mal zurück ins Luftschloß, das von zuckenden Blitzen erhellt war. Dann zogen die drei Freunde den Bergrücken entlang talwärts.

So endete für Saghir das Treffen der großen Winde.

In der Versammlungshalle wurde der Vorfall noch lange diskutiert. Auch die sieben Großwinde hatten die Köpfe zusammengesteckt und redeten heftig gestikulierend miteinander. Der kleine Wind eines unbedeutenden Tales hatte beim Treffen der großen Winde für unerwartete Aufregung gesorgt.

Die Heimkehr

„Saghir, bist du uns böse, weil wir dir gefolgt sind?"
„Ja, ihr seid mir gefolgt", antwortete der kleine Wind, als sei er aus einem Traum erwacht.

„Wir sind dir von der ersten Stunde an nachgeeilt."

„Wer ist denn noch mit euch gekommen?"

„Niemand. Aber es war doch eine gute Idee?" fragte der Rabe.

„Jetzt freut es mich, aber wenn ich es vorher gewußt hätte, dann ..."

„Das war ja das Gute an meiner Idee", unterbrach ihn Ebar.

„Deine Idee?" brummte Rana und dachte: Typisch Rabe!

Ebar versäumte es nicht, immer wieder von seinem tapferen Auftritt auf Saghirs Schulter zu erzählen, und Rana kannte die Geschichte schon auswendig, als sie die kleine Bucht erreichten. Diese Raben, dachte die Eule, einfach unverbesserlich!

Saghir schwieg die ganze Zeit und war damit beschäftigt, die vergangenen Tage zu verarbeiten. Teils plagte ihn das Gefühl, versagt zu haben, und dann war er wiederum stolz darauf, überhaupt den Mut zu dieser Reise aufgebracht zu haben. Die beiden Vögel versuchten gar nicht erst, mit ihm ins Gespräch zu kommen, weil sie ahnten, was in Saghir gerade vorging. Und außerdem hatte Ebar nun wirklich genug damit zu tun, über seine Heldentat nachzudenken. Er stellte sich vor, wie wohl seine Vettern im Grünen Tal darüber staunen werden, einen solchen Draufgänger in ihrer Familie zu haben.

Mit dem Abend tauchte auch die gegenüberliegende Küste auf, und die drei beschlossen, dort zu übernachten.

Während der Nacht zogen ein paar Winde an ihnen vorbei, die das Treffen auf dem Luftschloß vorzeitig verlassen hatten, doch davon merkten Ebar und Saghir nichts. Nur Rana belauschte sie auf einem nächtlichen Ausflug, doch die Winde zogen schweigend ihrer Heimat entgegen.

Mit den ersten Sonnenstrahlen kehrte Rana zurück und schüttelte ihr Gefieder. Sie weckte Ebar, der verklärt lächelnd ein Auge öffnete und sofort loskrähte: „Ja, so war das im Luftschloß der Winde. Da staunt ihr, was?"

„Es ist gut, Ebar", meinte die Eule. „Ich war dabei, und du brauchst mir das alles nicht noch einmal zu erzählen."

Leicht verwirrt schaute Ebar die Eule an und sagte: „Tut mir leid, ich war eben noch bei meinen Vettern, ich hab' wohl geträumt, ich meine ..."

„Ebar!" unterbrach Rana ihn. „Wir müssen jetzt Saghir wecken und uns beeilen, damit wir bald wieder zu Hause sind."

Saghir war durch das Reden der beiden Vögel aufgewacht. „Guten Morgen", gähnte er.

„Laß uns aufbrechen", schlug Ebar vor. Der kleine Wind nickte nur, reckte sich und wehte dem Dunkeltanngebirge zu. Die Eule und der Rabe folgten ihm.

Saghir hatte eine schlimme Nacht hinter sich. Seine Träume waren schaurig gewesen. Die großen Winde hatten ihn in eine endlose Wüste verbannt, weil er versagt und die Prüfung nicht bestanden hatte.

Am Rande des Dunkeltanngebirges fragte Saghir, ob es nicht einen Weg gäbe, dieses Gebirge zu meiden.

„Warum möchtest du einen Umweg machen?“ fragte Rana.

„Ach, ich dachte nur ...“

„Ich glaube, du willst nur nicht auf den Geist des Hochwaldes treffen“, erwiderte die Eule.

Der kleine Wind sah beschämt zu Boden.

„Du hast versprochen, ihm auf dem Rückweg von deinen Abenteuern im Luftschloß zu erzählen.“

„Ich weiß. Aber was wird er von mir denken, wenn ich jetzt kein großer Wind geworden bin? Ich darf wohl nie einer werden, muß mich sogar vor anderen Winden in acht nehmen. Und was wird man im Grünen Tal von mir halten? Man wird sich über mich lustig machen.“

„Der Geist des Hochwaldes wird dir bestimmt zuhören und dich verstehen. Und wenn nicht, kann es dir doch auch egal sein, oder?“

„So ist es.“ mußte Ebar seinen Kommentar noch dazu geben.

„Im Grünen Tal werden sich die Menschen und Tiere freuen, daß ihr kleiner Wind wieder durchs Land streift“, ermunterte ihn die Eule. „Du wirst schon sehen.“

„Außerdem bin ich ja auch noch da!“ fügte Ebar hinzu. „Soll nur jemand wagen, dich auszulachen, dann wird er mich, den tapferen Raben Ebar, aber mal kennenlernen!“

Also zogen sie weiter bis zu dem schmalen, von Hirschen getretenen Pfad und folgten diesem in den dunklen Wald. Er kam Saghir jetzt noch finsterer vor als auf dem Weg zum Luftschloß. Der Boden schimmerte grün von den wenigen Sonnenstrahlen, die durch die dichten Zweige fielen.

Die Lichtung der Elfen erreichten sie nach gut zwei Stunden. Rana setzte sich mit Ebar auf eine der mächti-

gen Tannen, und die Eule meinte zu Saghir: „So, nun warte, bis die Elfen erscheinen, und frag dann nach dem Geist des Hochwaldes. Hab keine Angst! Ebar, dein Beschützer, ist in der Nähe."

Ebar erhob stolz den Kopf, schaute dann aber zweifelnd zu Rana, da er mit diesem ironischen Unterton nicht viel anfangen konnte.

„Du wirst ihm doch in der Not helfen?" fragte daraufhin die Eule den Raben.

„Natürlich! Aber ich denke, es wird gar nicht nötig sein, hoffe ich zumindest."

Saghir wartete geduldig, bis die ersten Glühwürmchen auftauchten. Tatsächlich erschienen bald darauf die Elfen und sangen ihre sanften Lieder. So verging eine Weile, bis Saghir sich vorsichtig zu erkennen gab. Im ersten Moment erschraken die Elfen, aber dann erkannten sie den kleinen Wind.

„Hallo, ihr Elfen", grüßte Saghir, „ist der Geist des Hochwaldes zu sprechen?"

Kichernd antwortete Anda: „Hallo, Saghir! Schon wieder hier? Bist du jetzt ein großer Wind, den wir unserem Meister ankündigen können?"

„Darüber möchte ich jetzt mit dem Geist des Hochwaldes sprechen."

„Also bist du kein großer Wind?" hakte Anda nach. Doch als Saghir betrübt den Kopf senkte, fügte sie hinzu: „Entschuldige, ich rufe unseren Meister."

Und so geschah es. Aus der gespaltenen Tanne trat die erschreckende Gestalt des Hochwaldgeistes. Ein schauerliches Lachen erfüllte die Lichtung. „Ah, mein Freund, der große kleine Wind ist zurückgekehrt!" schmetterte die

Stimme. „Und? Bist du nun aufgenommen in den Kreis der großen Winde?“

„Ich muß dir das erklären: Ich bin nach wie vor ein kleiner Wind und brauche noch etwas Zeit, um ein großer zu werden.“ Da kullerte eine Träne an Saghirs Wange herunter.

„Du weinst?“ fragte der Geist des Hochwaldes. „Du, der du ein großer Wind werden möchtest?“

Saghir wischte sich trotzig die Träne aus dem Gesicht.

„Warum bist du denn nicht aufgenommen worden?“ brummte der Geist neugierig.

„Man braucht eben Geduld, um alle gestellten Aufgaben zur Zufriedenheit der großen Winde erfüllen zu können.“

„Du hast also versagt, mein Freund?“

„Nein, nicht versagt“, widersprach Saghir. „Vielleicht war es einfach der falsche Zeitpunkt.“

„Warum lügst du?“ fragte der Geist des Hochwaldes.

„Warum sollte ich lügen?“

„Weil du immer noch glaubst, den großen Winden anzugehören, sei das Beste für dich. Dabei hast du selbst erlebt, daß es nicht deine Welt ist. Du hast dich dabei doch überhaupt nicht wohl gefühlt. Warum also belügst du mich? Und warum machst du dir etwas vor?“

Saghir wußte nicht, worauf der Geist hinauswollte.

Rana und Ebar sahen sich vielsagend an. Sogar die Elfen waren ruhig und lauschten dem Gespräch.

„Ich will dir sagen, was inzwischen passiert ist. Heute morgen kam der Wind des Eises hier vorbei und erzählte, daß er das Treffen der Winde vorzeitig verlassen habe, weil einige Winde schon abgereist seien und in dem von ihm zu betreuenden Teil des Schlosses keiner mehr wohne. Es habe einen Vorfall gegeben, so berichtete er

weiter, Unstimmigkeiten zwischen den großen Winden, und du seist der Anlaß dafür gewesen. Du würdest ein guter großer Wind werden wollen und habest in den Raum gestellt, daß nicht alle Winde gut seien. Das hätt' ich zu gerne miterlebt." Der Geist des Hochwaldes schmunzelte. „Dann seien zum Erstaunen aller auch noch zwei Vögel aufgetaucht. Sie hätten den großen Wind des Nordens an seine Aussage erinnert, daß du seiner Weisung nicht unbedingt folgen müßtest, wenn du Freunde an Ort und Stelle hättest, die dich unterstützen. Und jeder weiß: Das Wort eines Großwindes gilt! Und du bist traurig, weil du nicht in diesen Kreis aufgenommen wurdest? Du hast doch etwas viel Wichtigeres gefunden: den Beistand von wahren Freunden! Ist das nichts? Du solltest lieber Freudentränen vergießen und nicht Tränen der Traurigkeit. Als großer Wind würdest du dich sowieso nicht wohl fühlen, glaub mir! Du könntest dich nicht mehr an den schönen Dingen erfreuen, die dich umgeben. Also, warum genügt es dir nicht, ein kleiner Wind zu sein? Es gibt noch andere kleine Winde wie dich. Es gibt auch kleine Hochwaldgeister, die anders sind als ich. Wahre Größe ist etwas ganz anderes. Doch das mußt du erst noch erfahren, und einen ersten Schritt in diese Richtung hast du im Luftschloß getan. Nun geh in dein Grünes Tal, sei stolz auf dich und deinen Freunden dankbar! Sie und dein Tal brauchen dich. Darüber solltest du nachdenken und dich freuen!"

Der Geist des Hochwaldes legte seinen Arm um Saghir und klopfte ihm auf die Schulter. „Das ist allemal besser, als zu den großen Winden zu gehören."

Saghir schaute den Geist erstaunt an. So hatte er die ganze Sache noch nicht betrachtet. Wie sollte er auch ahnen, daß viele andere Winde so dachten wie er? Schließlich hatten nur die kleinen Winde auf dem Dach applaudiert, ansonsten hatte er fast nur böse Blicke geerntet.

Ebar flüsterte: „Soll das heißen, daß Saghir der Held der letzten Tage ist?"

„Ich glaube, so ist es", antwortete Rana, „aber er weiß es noch nicht."

Saghir umarmte den Geist des Hochwaldes herzlich. Da kicherten die Elfen, und der Geist blickte in die Runde und sagte: „Ihr solltet jetzt nicht lachen und schon gar nicht über Saghir. Er ist ein wahrlich großer Wind, und er soll bei uns immer willkommen sein."

Saghir war gerührt. „Danke für alles. Ich werde über deine Worte nachdenken. Ich wollte jemand sein, der ich nicht bin. So werde ich wohl ein kleiner Wind bleiben. Leb wohl und nochmals vielen Dank für deinen Trost."

Saghir machte sich auf den Weg. Rana und Ebar folgten ihm. Sie eilten durch das Tal des Flüsterns, auch das große Gebirge war bald überwunden. Als sie das Eisfeld erreichten, hielt Saghir inne und rief nach dem Wind des Eises. Aus der Tiefe einer Gletscherspalte zog wieder die Nebelwand hoch. Der Wind des Eises trat ohne ein Wort hervor.

„Guten Tag", sagte der kleine Wind.

„Hallo, Saghir", antwortete der Wind des Eises leise.

„Es tut mir leid. Ich hatte dir versprochen, mich gut zu benehmen, damit du keinen Ärger bekommst."

„Du brauchst dich nicht zu entschuldigen. Ich muß mir selbst die Schuld geben. Ich dachte, mir einen Spaß mit

dir erlauben zu können. Konnte ich denn ahnen, daß du so forsch auftrittst und dich in deiner Unbefangenheit sogar mit den Großwinden anlegst? Daß ich gar kein so großer Wind bin, hast du ja bemerkt. Aber ich habe etwas daraus gelernt.“

„Du hast daraus gelernt?“ staunte Saghir. „Was denn?“

„Wahre Größe hat nichts mit Stärke und Macht zu tun. Sie ist die Eigenschaft, Gutes zu wollen und auch zu tun – trotz aller Widerstände! Das habe ich durch dein Auftreten im Luftschloß begriffen. Außerdem hast du Freunde, die diese Bezeichnung wirklich verdienen.“

Langsam wurde Saghir bewußt, was in den letzten Tagen mit ihm geschehen war. „Ich glaube, ich weiß jetzt, wer ich bin“, sagte er. „Eiswind, du hast mir sehr geholfen. Ich dachte, ich wäre groß und bedeutend, wenn ich bei den großen Winden aufgenommen würde. Doch jetzt habe ich verstanden.“

„Das haben wir ihm doch auch schon alles erklärt“, knurrte Ebar.

„Stimmt, aber ich sagte dir doch: Erfahrungen muß man selbst machen“, flüsterte Rana, „sonst sind es keine.“

Der Rabe nickte zwar, war aber ganz anderer Ansicht: Es reicht doch, auf einen älteren Raben zu hören, dann muß man nicht gleich alles selbst ausprobieren. Raben werden eben immer unterschätzt!

Die beiden Winde saßen schweigend auf dem Eisfeld und schauten in die Ferne.

„Ich habe keine Freunde“, sagte der Wind des Eises plötzlich.

„Doch, du hast jetzt einen – mich!“

Der Wind des Eises wandte sich ab, denn Saghir sollte nicht sehen, wie tief bewegt er war, und entschwand in einer Gletscherspalte.

„Ich kehre jetzt in mein Tal zurück", rief Saghir ihm nach. „Wenn du mich besuchen möchtest, komm doch einfach vorbei. Du wirst mich finden. Das Tal ist ja nicht allzu groß."

„Das werde ich tun, Saghir", klang es aus der Tiefe empor. „Und wenn du wieder kühle Luft brauchst, dann komm herauf und hol dir, soviel du willst."

Saghir überflog den Gebirgskamm, und schon lag sein Grünes Tal vor ihm, fast so, wie er es verlassen hatte. Es schien ihm eine Ewigkeit her zu sein, und er wollte nun nur noch ein guter Wind sein.

In den ersten Tagen sah er sich genau um. Welche Schönheit ihn hier umgab! Seit langem war er nicht mehr so glücklich gewesen. Die Menschen waren froh, daß wieder Wind durch das Tal wehte. Den Tieren gefiel es, wenn Saghir durch die Bäume tobte. Und ihn freute es, den kleinen See wieder mit einer Brise zu erfrischen, Wellen zu bilden, die Blumen und Gräser sanft zu schaukeln.

So war alles wieder fast wie früher. Nur eines hatte sich geändert: Saghir wollte kein großer Wind mehr werden, weil alles um ihn herum schon das größte war, was er sich vorstellen konnte.

Und was machten Rana und Ebar? Rana war zufrieden und galt jetzt als noch weiser unter den Tieren im Grünen Tal. Ebar verbrachte viel Zeit bei seinen Vettern und erzählte immer wieder die Geschichte vom kleinen Wind. Und natürlich vergaß er nicht zu erwähnen, was für ein tapferer Begleiter er ihm gewesen war.

Jürgen Bieda, geb. 1956 in Frankfurt am Main.
Nach dem Gymnasium Ausbildung zum Augenoptiker.
Durch die Beschäftigung mit Arabistik und dem Islam 1987 im Sultanat Oman ein Optikfachgeschäft aufgebaut.
Danach Leitung der Kundendienstabteilung eines Softwareherstellers in Baden-Württemberg.
Viele Reisen in afrikanische und arabische Staaten sowie durch Nord- und Südamerika.
Er ist verheiratet und lebt in der Nähe von Stuttgart.

Eine Reise ins Innere der Seele: Auf der Suche nach dem legendären See Feuergold – und nach sich selbst.
96 S., 18 DM, 18 SFR, 131 ÖS

Von einem Buch, das über magische Kräfte verfügt und auf alle Fragen eine Antwort weiß. Lassen Sie sich verzaubern!
96 S., 18 DM, 18 SFR, 131 ÖS

Das unglaubliche Abenteuer einer jungen Frau, die durch ein höchst seltsames Wesen sehr viel für ihr Leben lernt.
208 S., 18 DM, 18 SFR, 131 ÖS

Ein Märchen von außergewöhnlichem Reiz, spannend, humorvoll und voller Phantasie. Lesefreude pur!
112 S., 18 DM, 131 ÖS, 18 SFR